新版

# 野の道

宮沢賢治という夢を歩く

山尾三省

野草社

本書を親愛なる兵頭昌明・千恵子夫妻に捧げます

# 目次

本書は一九八三年、野草社より刊行された単行本（原題は『野の道——宮沢賢治随想』）の新版です。原則として旧版の原文をそのまま収録しましたが、明らかな誤字を直し、一部にルビを加えました。なお、本文中の〔　〕内は編集部による註です。

宮沢賢治作品の引用テキストは、ちくま文庫版の『宮沢賢治全集』全十巻（筑摩書房、一九八五〜一九九五年）を使用しました。別の版を参照している場合は、本文中の編集部による註で出典を明示しています。

# 呼応

真木悠介

おまへの武器やあらゆるものは
おまへにくらくおそろしく
まことはたのしくあかるいのだ

宮沢賢治は、「青森挽歌」(『春と修羅』)のおわりのところで、死者たちと共に生きるということがどうしてできるかということを考えぬいたすえに、こういう謎のような詩句を書いている。

それはぼくたちの自我の外部に出てゆくということなのだが、この本の山尾三省のことばでいえば、〈野の道〉をゆくということでもある。

〈野の道を歩くということは、野の道を歩くという憧れや幻想が消えてしまって、その後にくる淋しさや苦《にが》さをともになおも歩きつづけることなのだと思う。〉

三省はこの本のはじめのところで、このように三省自身のことばをもって呼応している。

宮沢賢治は、これまでに二回殺されている。一回はほめたたえる人たちの手で、一回は批判する人たちの手で。一九三一年十一月三日の病床のメモ（「雨ニモマケズ」ではじまっている）は、ことにそのような賢治の運命を象徴している。それはまず、世の道徳や修身の先生たちに通俗道徳の水準でもてはやされることをとおして、たいくつな道徳教育の標語のようなものにされてしまった。ここで一回、賢治は圧殺されている。感性の鋭い詩人とか思想家たちが、このような賢治の像に反発して一斉に十字砲火を浴びせた。彼らはこの手帖の中に、賢治の敗北とか詩想の涸渇とか、あるいはかくされたエゴイズムとか自虐に変形した上昇欲求とかを嗅《か》ぎ出してもう一度ずたずたにした。

けれども賢治が、生涯にわたる苦闘の跡《あと》として残した詩篇や童話や断片は、このような道徳家たちや批判者たちの評価をつきぬけて、今も直接にぼくたちのうちに炸裂《さくれつ》する洗浄力のごときものをもちつづけている。山尾三省はこの本の中で、このような賢治の洗浄力に拮抗するじぶんの生き方の洗浄力をもって呼応することをとおして、二度殺された賢治をみごとに生き生きと現代の中によみがえらせている。

三省にはじめてこのことができたのは、三省がみずからもまた賢治とおなじに〈野の道〉をゆくものであり、だから賢治を語るものでなく、賢治と呼応して語ることのできるものであるからである。

〈野の道を歩くということは、野の道を歩くという憧れや幻想が消えてしまって、その後にくる淋しさや苦《にが》さをともになおも歩きつづけることなのだと思う。〉

それは三省の長靴とおなじくらいに身の丈どおりの歩幅のことばでありながら、そのままで賢治の思想の芯《しん》のところを、ぼくたちの時代のことばとして語っている。

一九八三年九月二十一日

# 野の道

宮沢賢治という夢を歩く

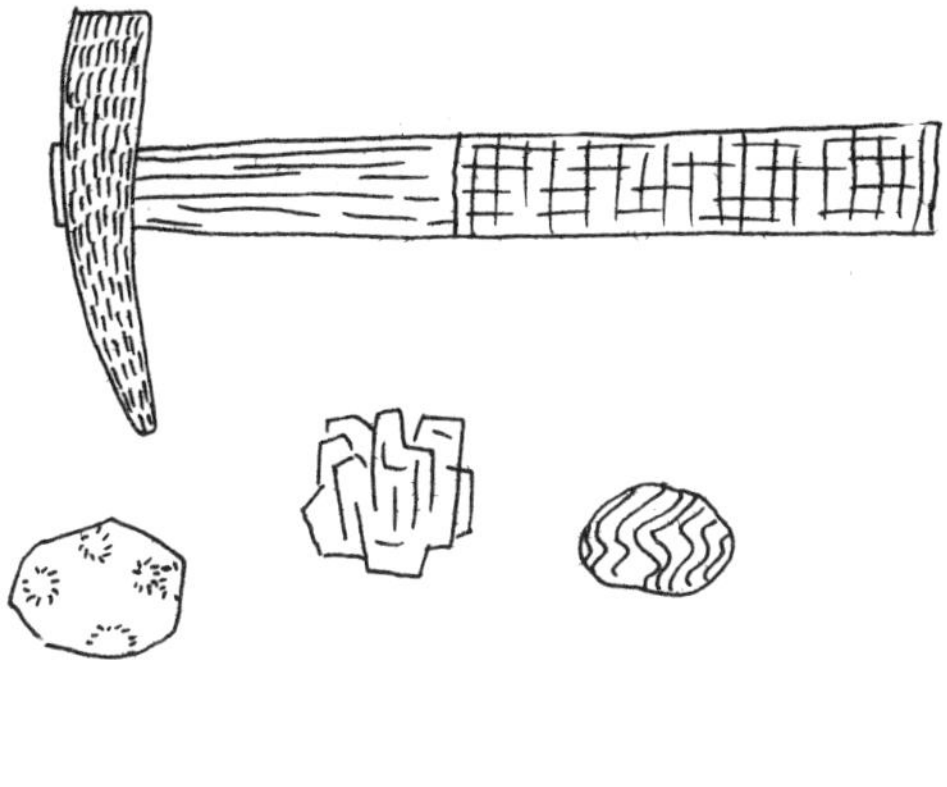

# きれいにすきとおった風

わたしたちは、氷砂糖をほしいくらゐもたないでも、きれいにすきとほつた風を食べ、桃いろのうつくしい朝の日光をのむことができます。

またわたくしは、はたけや森の中で、ひどいぼろぼろのきものが、いちばんすばらしいびらうどや羅紗《らしや》や、宝石いりのきものに、かはつてゐるのをたびたび見ました。

わたくしは、さういふきれいなたべものやきものをすきです。


――「イーハトヴ童話　注文の多い料理店　序」より

一

私は、野の道を歩いてゆこうと心を決めて、今、この野の道を歩いている。

この道には今、キンポウゲの花が盛りで、黄金《こがね》色のつややかな花が咲きそろっている。私はもう二十年以上も前からキンポウゲの花が好きであったが、屋久島に移り住むようになってから、キンポウゲの花は毒草で、もし牛などが食べると死んでしまう花であることを知った。そのことを知ってから、キンポウゲの花を素直に愛することが出来なくなったが、今、私の野の道に咲くキンポウゲの花は、陶器の肌のようにつややかで、静かで淋しく、静かで淋しいなりに二十年前と同じように心を魅かれる花である。また近頃判ったことであるが、キンポウゲの花はその毒性を逆利用して、腫物《はれもの》の吸出し用に使ったり、歯痛の応急手当に梅干とまぜて患部に塗ると、効果があるそうである。

野の道を歩くということは、野の道を歩くという憧れや幻想が消えてしまって、その後にくる淋しさや苦《にが》さをともになおも歩きつづけることなのだと思う。

キンポウゲのほかに、私のこの道には今、野アザミの花が咲いている。野アザミの花も幼馴じみの花であるが、つい最近まで私はあまり好きでなかった。葉の棘がきついし、花の色も赤紫のほこりをかぶったような色合いで、あまり夢や希望を呼びさますような花ではなかった。野暮ったいありきたりの花としてアザミの唄は好きだけれども見過ごしてきた。

けれどもこの二、三年の間に少しずつ野アザミの花が好きになってきた。葉の濃い緑色は棘はあるなりに気持ちがいいし、赤紫色と見た花の色も、よく見ると淡い桃色と紫色がまじった上品な感じで、ひとすじの花弁の先にはぽっちりと白い点がついている。匂いもほうと甘い。何より花の重量感がたしかでいい。そしてこれもまた最近判ったことであるが、その根の部分は、利尿、神経痛、腫物、健胃に効用のある薬草であるという。

私の家には二つの祭壇があり、ひとつには阿弥陀仏、ひとつには観世音菩薩が祀《まつ》ってあるが、その両方に今、この野アザミの花が活けてある。祀られざるも神には神の身土がある、と宮沢賢治はうたったが、キンポウゲの花も野アザミの花も、その意味では祀られざる神でもあろうか。

今、私が歩いているこの道には、この二つの花が咲きみだれている。

静かな野の道を歩いてゆくと、一羽のカラスが一匹の蛇を殺して食べようとしている。蛇はまだ生きていて、体をくねらせて暴れているが、もう逃げ切るほどの力は残っていないようだ。私が近づいてゆくと、カラスは仕方なく獲物を放して空中に舞い上がる。見ると、その蛇はマムシである。首のつけ根の所を喰われて穴があき、血がにじんでいる。マムシは、いかにも毒へびらしい赤褐色と褐色のまだらもようの体をしており、頭部ははっきりと三角形である。

まだ生きているので少し用心をして、私は先を割った木の枝でその首の部分をはさみ込み、鎌で首を切り落とす。首のないマムシは、もうマムシではなく食用である。まだ何処かで見ているだろうカラスに、首だけは残してやって、体は私がもらう。

家に戻ると私は、その体の皮をはぐ。皮は、鎌でちょっと裂け目を入れて、そこをつまんではがすように引っ張ると、さあっと気持ちよく一息にはがれる。皮をはいでしまうと、それはもうますます蛇ではなくなり、細長い魚の白身のようになる。半透明の白い肉の中に、細いひげ骨が走っている。内臓を指でこさぎ出すと、それでさばき方《かた》は終わりである。こさぎ出した内臓は、そのままニワトリ小屋に投げ入れる。

夕方風呂を焚く時に、その火で白身を焙《あぶ》る。こげ目がついてきたら出来上がりで、そのまま冷蔵庫に保管しておく。そうしておけば、一年たっても大丈夫である。

今、私は元気で太陽の下を歩き、仕事もしているが、元気がなくなって家の中で寝ていなくてはならない時もある。そういう時に、二、三センチほどそのマムシを切って、もう一度火を通して薬として食べるのだ。

宮沢賢治は、すきとおった風や朝の桃色の光を飲み、私達も野の者だからやはりそんなおいしいものを飲むが、お天気はいつもいつもよいとは限らない。天気のとても悪い日には、とくに、悪い風邪を引き込んで寝込まなければならないような日には、香ばしいマムシの肉をゆっくり嚙みしめて食べ、元気のもとにするのである。

私の友達で、同じ屋久島に住み観音道場という無名の道場を開いている人がいる。彼はマムシ酒を作っている。その作り方は、マムシを見つけたら頭の部分を足で踏みつけ、首ねっこを指で押えて、生きたまま捕獲する。それを水を入れた焼酎びんの中に入れて、三週間ばかり腹の中の汚れたものを排出させる。水は毎日とりかえてやる。それから今度は焼酎の入っている焼酎びんに移す。しっかり密封して半年か一年かすると、自然にマムシ酒になってくる。

彼も趣味でマムシ酒を作っているわけではない。私と同じように、元気をなくしたり風邪を引き込んだような夜に、それをサカズキ一杯か二杯、薬として飲むためである。元気をなくした島の友達や、島外からの旅人が道場を訪れた時にも、一杯か二杯飲ませてあげる。その道場では、疲れ痛んだ人にマムシ酒を飲ませることがひとつの法施《ほうせ》でもあるかのようである。ある時、私も一杯だけ飲ませてもらったが、とろりとしてなかなかおいしいものであった。

私もいつかそんなマムシ酒を作りたいが、今の所はまだ生きたマムシの首を指で押える気がしない。どのみちマムシを殺して食べるのだが、首を鎌で切り落として皮をはいで食べる私のやり方よりは、焼酎で溶かして焼酎として飲む方が、マムシに対するより一体的な関係のような気がしている。それで、さすがに道場を開いている人だけのことはあると感心しているが、一方では、首を切り落として皮をはぐ関係は私とマムシの運命的な関係であり、首を押えて焼酎で溶かす関係は、その人とマムシのやはり運命的な関係であり、いわばお互いの個性であるとも思っている。そして当然、その友達と私もひとつの一体感にもとづく運命的な関係の友達である。

野の道とは、一体感を尋ねる道であると私は思っている。一体感とは、包むことと包まれることの自我が消え去り、静かな喜びだけが実在する場の感覚のことである。

二

宮沢賢治が「わたしたちは、氷砂糖をほしいくらゐもたないでも、きれいにすきとほつた風をたべ、桃いろのうつくしい朝の日光をのむことができます」と、イーハトヴ童話「注文の多い料理店」の序文に書いた時、彼は一人の野の者として、野の者達との深い一体感の中にあり、野の道に立っていた。氷砂糖に象徴される魅力的な商品はここにはないが、ここにはおいしい空気や水があり、美しい太陽の光がある。ここには人影のまばらな道があり、山があり海がある。川も流れている。私達はその中で生きており、それは商品がもたらす喜びよりも、より信頼できる深いものであることを知っている。

都市に住む人々の心を少しも傷つけずに、そっと、しかし確固として提出されたこの序文の表現はとても素晴らしい。この一節を読んだだけでも、人は宮沢賢治の世界に引きこまれてゆく。何故なら、人は誰でも自然から生まれたものであり、すきとおった風や朝の桃色の日光を、己れの内なる原郷の風景として、あるいは食物として、忘れることができないからである。

私が尊敬している野の人で、四国で百姓をしている福岡正信さんという人がいる。この人は、農薬も肥料もやらず田さえ耕さずに、米と麦を平均作以上収穫する「米麦連続不耕起直播農法」という技術を確立したことで有名な人であるが、そのような技術を確立する上には、当然ひとつの哲学があった。それは「何もしない」という哲学である。普通の百姓であれば（私もそのはしくれだが）作物を作るのに、畑を耕し、肥料をやり、農薬もかけ、という具合に手をかけることを美徳とし、手をかけることを農業の根本哲学とする。福岡さんの場合は反対に、農薬は要らない、肥料も要らない、除草作業も要らない、さらには田畑を耕すことも要らない、という具合にひとつずつ棄ててゆく。百姓としてどうしてもしなくてはならないことは、種を播くことだけである。その播種《はしゅ》も、稲の場合であれば普通は苗代に播き、苗代で育てたものを田植えするわけだが、福岡さんの場合は田に直接モミを播いてしまう。こんな手抜きの農業で、彼は一反歩（十アール）につき十俵（六百キロ）もの米を作ってしまうのである。四国地方の平均反収は、八俵（四百八十キロ）前後だというから、福岡さんは言わば何もしないで、普通の百姓以上の米を作っていることになる。この信じられないような結果の背後には、福岡さんの「何もしない」という哲学がある。

農薬をふるということは、農薬を信じるということである。肥料をくれるということは、肥料を信じるということである。田畑を耕すということは、耕すことを信じるということである。

苗代にモミを播くということもまた、もちろんそれをよかれと信じてやっているのである。福岡さんは、そのいずれをも信じていない。福岡さんが信じているのは、信じるべく苦心さんたんしているのは、ずばり自然そのものの営み、である。『自然農法』(時事通信社刊)という本の中で、福岡さんは次のように書いている。

「何かをなす」ことによって、物質文明の拡大を計る時代は終末をむかえ、「何もしない」凝結・収斂の時代が到来している。自然との融合に始まる新たな生活、精神文化の確立を急がなければ、人間は多忙・徒労・混乱の中に奔命して衰弱せざるを得ない。

人間が自然に還り、一木一草の心を知ろうとするとき、人智で自然を解読する必要は何もなかった。無意、無為、無策、自然と共に生きればよかった。人智による虚妄の自然界から脱出するためには、無心になって、ひたすら真の自然即絶対界への復帰を願うほかない。否、願うことも祈ることもない……ただ無心に、大地を耕してさえおればよかったのである。

何もしなくてもよい人間、何もしなくてすむような社会ができるように、いままで人間がやってきたことをふりかえり、人間と社会にまつわる虚妄の偶像を一つ一つ消滅してゆく……これが「何もしない」運動である。

福岡さんのひたすら人為を排除し、自然に絶対帰入してゆく老荘的な哲学及び農法は、日本各地の若い百姓達に受け入れられ実践されているだけでなく、アメリカのカリフォルニア州、エルクヴァレーという所にある、農業的コミューンの思想的実践的なバックボーンになっているとも聞いている。

まことに福岡さんのおっしゃるとおり、私達の時代は、為すことを棄てて、為さぬことを学ぶべき時代である。あるいは、為すことの内に為さぬことを学ぶべき時代であると言った方がよいかも知れない。私達の時代は、為すことの頂点としての核兵器という普遍悪のもとにおかれている時代であり、このまま為すことを続けていけば、核兵器は炸裂する他はないからである。

ここ、野の道には、きれいな空気と美しい太陽がある。息苦しいほどに濃密な新緑の照葉樹林がある。透明な谷川が流れている。ウグイスが啼き、メジロが啼き、サンコウ鳥が啼く。これらすべては無為の内に与えられる。

けれどもかしこには、氷砂糖の世界がある。商品がある。商品から核兵器まではわずか一歩の距離である。大変極端な言い方であるが、今私達は、全地球的な規模で共に野に立ってきれいにすきとおった風をたべ、桃色のうつくしい朝の日光をのむ方向での生活を選ぶか、氷砂糖＝商品＝原発＝核兵器へと進む方向での不毛の有為の生活を選ぶかの、岐れ道に立っている。私は今、野の道に立ち、野の道を歩いてゆくべく心を決めている。それは、私が選び、私がそのように心を決めたことではあるが、今となっては、私一個の選択や決心になにほどの力があろう。私は、私を含むより大いなるものの呼び声を聴いて、その声と共にただ歩いてゆくばかりである。

私は弥陀の山の中腹に腰を下ろし、山の作業の手を休めて一服する。前方には、かなりの程度まで杉が植林されているとは言え、まだ杉に侵蝕されていない新緑の照葉樹林が、見渡す限りに広がっている。ここは島ではあるが、山中なので海は見えない。見えるものは、山また山ばかりである。

私は猿達のことを思う、この見渡す限りの杉や照葉樹林の中を、思うままに群れをつくって遊びまわっているであろう、自由の民である猿達のことを想う。この季節は、あちこちに野生の桑の実が熟しているし、野いちごも木いちごも熟しているから、彼らにとって食べるものに不足はない。食べものが充分にある山は、どんなにか広々としていることだろう。

木洩れ陽の射す梢から梢へと渡り歩き、谷に降りては水を飲み、おいしい桑の実やイチゴの実を食べて、お腹がいっぱいになればたちまち峰に登り、青空の下で子猿同士は、ふざけ遊ぶのに陽が傾くのも忘れ、親猿達はお互いのノミを取り合ったり、昼寝をしたり交合したりして過ごしている。巣を作らない猿達は、山じゅう何処でもが家のようなものである。日が暮れれば固まって眠り、夜が明ければまた食べることと遊ぶことに熱中して一日を過ごす。

山々と猿達とは完全な一体感の内にあり、自分が山なのだか山が自分なのかさえ判りはしない。それを、永年の修業の結果に訪れる宗教者の自我の消滅に比べることも出来ようが、猿達は生まれながらにして自由であり、自我意識から解放されている。猿達は生涯をそのようにして生き、そのようにして死んでゆく。

猿達は、死ぬ時に死の恐怖を感じるのだろうか。人間は、例えば宮沢賢治がそうしたように、死の時が来たら正座をして、

南無妙法蓮華経
南無妙法蓮華経
南無妙法蓮華経

と唱えて死ぬ。私に死の時が来たら、私もまた私に与えられた御名を唱えて死にたいと願う。けれども猿達はどうだろうか。今、眼の前に広がる新緑は、むせるほどに輝かしく生命に満ち

ているが、死の夜を猿達はどのようにして迎えるのだろうか。

今これから死ぬのであるから、それはとても苦しいことで、真っ暗なことであろう。けれども私に感じられるのは、猿達は多分恐怖心を持たないで、何処からともなく生まれてきたのと同じように、何処へともなく死んでゆくのではないだろうか。猿達が、恐怖心を持たぬまま自然に還ってゆくのであれば、死においてさえも猿達は幸福であると言わざるを得ない。

私がそんな想いにふけりながらタバコを吸っていると、背後でがさがさと音がする。振り返ってみると、一匹の猿がするすると枝から降りて来て、私を見ている。あまり大きくない若者クラスの猿である。以前から、ここら辺りには大ぶりのボス落ちした離れ猿がよく出没していたが、こんな若者クラスの離れ猿は初めて見る。

「おい」

と私は声をかける。今ちょうど猿の想いにふけっていた所なので私の胸にはなんだか友達に出会ったようななつかしい想いが湧いてきて、出来ることなら一緒に一服したいような気持ちである。

「おい」

とまた私は声をかける。相手は黙って私を見ているが、近寄ってくる様子はない代わりに逃げ出す素振りも少しもない。相手も私に少しはなつかしさを感じている様子がある。

「おい」

とまた私は声をかける。その声の調子が、われながら息子を呼ぶ時の調子に似ているので、私はひとりで苦笑してしまう。

「おい、シイタケは俺のものだぞ」

一服しようぜとも言えぬので、私は相手に言い聞かせる。言い聞かせたって聞く相手でないことは判っているが、私はある時から、自分はこの山の猿達のボスになろうと思っているのである。

畑や果樹を喰い荒らす猿どもは、百姓の私にとっては大敵である。椎茸を作ればその大半を食べてしまうし、芋を植えれば芋が出来た頃に一足早く食べてしまう。果樹の苗木を植えれば、根から引きぬいて枯らすか途中からぽっきり折って台無しにする。桑や山桃の実が熟れた頃だからと獲りにゆくと、一足先に熟れた実は全部食べて、まだ青い実だけが残っている。桑や山桃の実は野生だから、私と猿どもに半々の権利はあるものの、畑や果樹は私の方に権利がある。そうかと言って、野の動物である猿達を殺したり虐待することはできない。

猿達が生きていて私達も生きているのであり、私達は共に生きてゆくべき運命なのである。

## 三

またわたくしは、はたけや森の中で、ひどいぼろぼろのきものが、いちばんすばらしいびらうどや羅紗《らしゃ》や、宝石いりのきものに、かはつてゐるのをたびたび見ました。

宮沢賢治がこのように書く時、彼はもう野の者達との完全な一体感を失っている。宮沢賢治は、私が猿達を見るように、そこに百姓や山の人達を見ている。皆で一緒に味わう、きれいな風や桃色の朝の日光はここにはなく、人称も「わたしたち」から「わたくし」に変わって、実はひどいぼろぼろの着物が、ビロードやラシャや宝石入りの着物に変わっているのを、彼は見ている。宮沢賢治は、終生野の人であり野に立っていた人であるが、終生野の人との分立に苦しみ、野に立つ淋しさに襲われつづけていた人である。

宮沢賢治は野の人であり、自然と溶け合って生きる野の人の幸福を、人間の究極の幸福であると直感した人であったが、その一体感はしばしば深く崩れ、深く涙を流した人でもあった。

草地の黄金をすぎてくるもの

ことなくひとのかたちのもの
けらをまとひおれを見るその農夫
ほんたうにおれが見えるのか
まばゆい気圏の海のそこに
（かなしみは青々ふかく）
ZYPRESSEN しづかにゆすれ
鳥はまた青ぞらを截る
（まことのことばはここになく
　修羅のなみだはつちにふる）

――「春と修羅」より

けらとはミノのことである。ZYPRESSENというのは檜の学名でドイツ語である。ドイツ語と洋服と、多分絹張りの洋傘《こうもり》さえ持って野に立っている、分立者である賢治の方へ、猿のようなけらをまとった、ことなくひとのかたちのものが歩いてくる。賢治がそのように農夫を見る時、農夫もそのように彼を見る。このZYPRESSEN野郎は一体何者だろうか、敵ではあるまいか。侵入者ではあるまいか、支配者ではあるまいか。

童話の序文という、こことは異次の世界にあっては、ひどいぼろの着物はビロードやラシャや宝石入りの着物に変わることができたが、現実の心象というもうひとつの異次の世界にあっては、けらはけらに過ぎない。猿は猿に過ぎない。溶け合う猿ではなくて、喰い荒らす猿達である。

宮沢賢治は、詩人として出発したのでこのような分立に立たされたのではない。彼はあらかじめ何処かで分立してしまっていたので、詩を選び、童話を書かなければならなくなってしまった。詩や童話、唱歌作曲や羅須地人協会その他の彼の活動の一切は、すべて究極の幸福である野や野の人々との一体感を回復するための回路であった。

そのように言えば、けらをまとったひとりの農夫が畑を耕し、草を刈るのも、ひとりの山の人が木を伐り、熊を撃つのも、野や野の人々との一体感を保持しつづけるための営みであり回路である。

農夫同志であれば、同じ野に立っていてお互いがぼろを着ているなどとは思わないし、ビロードを着ているとも見はしない。おれたちは皆百姓で、仕事はずい分辛い、と黙って感じているだけのことである。草地は黄金《きん》色に光り、青空はあくまで深く、檜の梢が静かにゆらいでいるだけで、言葉は不要である。そこに分立者としての宮沢賢治が立った時に、けらをまとった農夫が現われて彼を見、彼は本当におれが見えるのかと叫び、分裂の裂け目にあって悲しみは青々深く、修羅の涙は土に降る。

けれどもその同じ時に、農夫の方でも、本当におれが見えるのか、と叫んでいるに違いないのである。そして心の中でその農夫も「おらあおらで修羅だ」とつぶやいているに違いないのである。

農夫がおり、詩人がいる。詩人がおり、農夫がいる。この場合農夫とは、より深い無意識の一体者であり、詩人とは分立した意識者である。

野があり、都市がある。都市があり、野がある。この場合の野とは、より深い一体感の無意識者であり、都市とは分立した意識者である。

生命があり、核兵器がある。核兵器がありこちらには生命がある。この場合の生命とは、より深い一体感の無意識者であり、核兵器とは分立した意識者である。

宮沢賢治の旅は、この分立から、一体感の喪失から始まる。賢治が自分の詩集（心象スケッチ）のタイトルを「春と修羅」と題したのはもちろん意味のないことではない。

ここには春がある。春があるということは、一体となって溶け合った存在の場があるということである。この場はもちろん生物や人間を含む場であり、私はそれを象徴的に「野」という言葉で呼ぶのだが、その場が、農山漁村にあろうと、中小都市にあろうと大都市にあろうと、それはもちろん問題ではない。お互いの生きることが溶け合って、静かに光り合っている場、その場を野と呼ぶ。

野は今、春である。すべては渾然と溶け合い、生命群は各々の静かな喜びの声を放っている。賢治も私もその中のひとつの生物《いきもの》である。ゆるやかに風が吹き、黄金《きん》色の花が咲き蜜蜂が飛び交う。山は青々とどっしりと存在し、キジがしきりに啼いている。大きな黒い鳥が空を截《き》り、その影が地上に落ちる。その影の落ちる所に一人の人が立つ。一人の人。まさにここに一人の意識の人が立ち、分立が始まる。

私がここに立てば、マムシが立ち現われ、猿が現われる。キンポウゲは毒の花を開き、野アザミの葉は鋭い棘を突き出す。宮沢賢治がここに立てば、けらをまとった農夫が現われる。絹張りの洋傘《こうもり》が現われ、ZYPRESSENが現われる。

静かな調和に満ちていた春の野に現われ出た、場の分裂の叫び。それを修羅の名で呼ぶ。

まことのことばはここになく
修羅のなみだはつちにふる

詩人を含む多くの人々が、この修羅の自覚と共に野を棄てて、都市に向かう。この場合、都市とは予感としては自由圏であるかの如き場であるが、その実状は分立した欲望の自我の集合場所であり、修羅の巷に他ならない。修羅が、新しい修羅の場で修羅をみがくのである。

だが宮沢賢治は、一人の修羅としてそのまま野にとどまった。それは彼が、正しく、氷砂糖を思うほどに喰べるよりは、きれいにすきとおった風をたべ、朝の桃色の日光を飲むことの方に、根源の生命を見出していたからに他ならない。

# マグノリアの木

「ごらんなさい、そのけはしい山谷にいまいちめんにマグノリアが咲いてゐます。」

「えゝ、ありがたう、ですからマグノリアの木は寂静です。あの花びらは天の山羊《やぎ》の乳よりしめやかです。あのかをりは覚者《かくしや》たちの尊い偈《げ》を人に送ります。」

「それはみんな善です。」

「誰《たれ》の善ですか。」諒安《りやうあん》はも一度その美しい黄金の高原とけはしい山谷の刻みの中のマグノリアとを見ながらたづねました。

「覚者の善です。」その人の影は紫いろで透明に草に落ちてゐました。

「さうです、そして又私どもの善です。覚者の善は絶対です。それはマグノリアの木にもあらはれ、けはしい峯のつめたい巌《いは》にもあらはれ、谷の暗い密林もこの河がずうっと流れて行って氾濫《はんらん》をするあたりの度々の革命や饑饉《ききん》や疫病やみんな覚者の善です。けれどもこゝではマグノリアの木が覚者の善で又私どもの善です。」
諒安とその人と二人は又恭しく礼をしました。

――「マグノリアの木」より

一

沖縄地方はすでに梅雨に入ったという。沖縄地方に続いて、奄美地方も梅雨入りしたと言う。もう梅雨はそこまで来ている。季節の変化というものは、いつもながら不可思議で偉大なものである。やがて私達の島にも雨が降り出すだろう。

今、私の野の道には、イイギリの木の花が咲いている。イイギリの白い花が、新緑の山々のあちこちにぽっかり咲きはじめると、もう梅雨入りが近い。けれども、まだ今はお天気は上々で、海は青緑色の透明な光を放ち、山では梅の青い実が一日一日と大きさを増してきている。もうしばらくしたら、梅の枝を竹竿で叩いてあの青くつややかな実を集めることになるだろう。大きな背負籠に六分目も集めてきて、その内の最上のものは梅干用に漬け込み、中位のものは焼酎に漬けて梅酒用とし、傷つき痛んだものは梅ジャム用に振り分ける。

畑のあちこちでは、毎年自生してくる赤ジソが、梅干用に使うその日に間に合うように、今、毎日ぐんぐん成長している。

四日前に、チャイと名付けた乳山羊が、腹の大きさから見て二頭かと期待していたら、一頭だけ仔を産んだ。チャイはこらえ性のない山羊で、普通の山羊は立ったまま自分でお産をするのに、横になって大げさに、おうおうと啼き立てる。今度は放っておいて、自分で産ませようと思っていたのに、あまりおうおう啼き立てるので、仕方なく小屋に入って、まだ膜に包まれたままの仔山羊を引き出してやった。産まれた仔はやはりメスである。一ヶ月程前に、もう一頭の山羊のローラがメスを産んでくれたので、これでメス山羊が四頭になった。四頭もメス山羊を飼う気持ちはないが、それでもやはりメスが産まれたことは嬉しい。

ローラの方は、もう一ヶ月もすれば仔山羊を離すことが出来る。そうすると今度は、日に一升も出る乳が私達人間の方にまわってくるようになる。更に一ヶ月すれば、チャイの方も仔が離せるので、そうなると夏場に多い訪問客や、知り合いの人や友人達にも乳を廻せるようになってくる。

毎年、沖縄地方が梅雨に入ったというニュースを聞くと、その梅雨の向こうにある大いなる真夏の光が、すでに感じられて心が波立つ。しかしながら、今はまだ真夏の光は遠い雲の彼方の幻影であり、今はイイギリの花の季節である。

イイギリは、宮沢賢治流に学名で呼べばイデシアの木であり、桐の木によく似ているが桐ではなく、イイギリ科という独立の科の樹木である。大きなフサの純白の花を梢いち面につけて咲くので、遠くから見てもそこだけぽっかり白く輝き、そこにイイギリの木があることが知られる。近づいてみると、その花の白さは眼に沁みるようである。その木の下に腰を下ろせば、うっすらと甘い香りが漂い、少しも体を濡らさない純白の雨に打たれているようである。

花にはそれぞれの色と姿があり、どの花の色も姿も時に応じ場に応じて美しいが、白い花の美しさほど愛《かな》しく明るいものはない。私には、真っ白の大きな花というのは、少し怖いほどである。イイギリの花は、ひとつひとつの花は大きなものではないが（それでも二、三センチはある）、フサになって咲くので一枝となるとかなり大きな花である。

その満開の下に腰を下ろしていると、東京に住んでいる悲母観世音のようなサチコさんのことが想われてくる。私が想い浮かべるサチコさんは、いつも黒の長いスカートをはいていて、静かに微笑んでいる人である。

サチコさんの前に出ると、私はいつでもしんと静かな気持ちになり、黙ってうつむいたまま、いつまでもその静かな輻射光を受けていたい気持ちになる。そうするとサチコさんは、

「いい子にしていましたか」

とやさしいゆっくりとした声で尋ねる。すると私はやっと顔をあげて、笑いながら、

「はい、いい子にしていました」

と答えることが出来る。

四十代も半ばになろうとする私が、いい子にしているとは、どういうことなのだろう。しっかりと自分の本当の仕事をしているということだろうか。それとも、心が少しでも浄らかになるということであろうか。それともまた、この世の苦しみの時ではなく、この世の幸福の時を過ごしているということであろうか。それともまた、カルマの故に巡ってくる苦しみに、正当に耐えつづけているということであろうか。

私には判らない。サチコさんの前に出て、

「いい子にしていましたか」

と聞かれると、それだけで瞬間に私はいい子にしていたと確信してしまい、

「はい、いい子にしていました」

と答えてしまうのである。

イイギリの木の下に腰を下ろして、山々や海を眺めていると、野の道は、曲がりくねった土の匂いのする狭い道ではあるが、閉ざされた反時代的な道ではないことが判る。それは何処までも続いている道で、山々や海などもゆっくりと通りこしてゆき、何処にでも実在している道であることが判る。それは道というよりはむしろ場であり、東京であろうと岩手であろうと、カリフォルニアであろうとヴェナレスの喧噪の中であろうと、あるいはアフリカのビーリヤの

森であろうとバンコック郊外のお寺の境内であろうと、そこにひとつに溶け合った静かな光があり、自我の滅却があれば、そこは野の道に他ならない。

イイギリの木の下に腰を下ろして、山々や海を眺めていると、私が生きて幸福であるためには、私の上にイイギリの真っ白な花が咲いており、腰の下には暖かな土があって私の胸がその両者から静かな光を受けているだけでよいことが判る。

## 二

マグノリアというのは、木蓮やコブシやホオノキやタイザンボクに共通の学名で、例えばハクモクレンはマグノリア・デヌダータと呼び、コブシの木はマグノリア・コブスと呼び、タイザンボクはマグノリア・グランディフロラと呼ぶ。

ここで宮沢賢治がマグノリアの木と呼んだものは、おそらくコブシの木のことであろう。

コブシの花は、アカシアの花と並んで、北国の春の山を象徴する二つの白い花の木であるだろう。私はまだ、野生のコブシの木の群落を見たことがないが、学生の頃に北海道育ちの友人が、

行き行けどアカシア踊る夢の道
　　ふるさとの山にふるさとの花

と、たしかそのように詠ったことを今でも覚えている。それは、その友人の胸に沁みた白い花の踊りが、その時私の胸にも同じようにかそれ以上に沁みて、そのまま消えずに残っているからに他ならない。短歌としてそれほどすばらしいとは思わないけども、このそらんじている一首を思い浮かべると、私の胸にはその昔深く愛した友人のなつかしい面影とともに、アカシアの花が踊るように咲いている北海道の静かな山の光景が、今でも鮮やかに想い浮かんでくる。そして、その行き行けど尽きることのないアカシアの花の山とは、また故郷とは、一体何であろうかと問うのである。それは、この歌の作者である友人への問いではなくて、むしろあれから二十五年もたってまだその歌をそらんじている、私の心への問いかけである。

山いちめんに咲く、白い花の木。

ここではそれは、マグノリアの木である。


　諒安はしづかに進んで行きました。

「マグノリアの木は寂静印《じやくじよういん》です。こゝはどこですか。」

「私たちにはわかりません。」一人の子がつゝましく賢こさうな眼をあげながら答へました。

「さうです、マグノリアの木は寂静印です。」

強いはっきりした声が諒安のうしろでしました。

――「マグノリアの木」より

宮沢賢治は、そのように答える。寂静印とは、如来が両手をもって結ぶ印契《いんげい》のことである。山谷に自生するコブシの花は、如来の寂静印であると、宮沢賢治は答える。

私もかつて寂静印を見たことがある。ちょうど十年ほど前のことである。約半年間の困難なインド巡礼の旅の後に、ヒマラヤの国であるネパールに入った。首都カトマンドゥの近くに、古くから仏教信仰が盛んであったパタンという小さな町がある。この町の小高い一角に、日本山妙法寺のお寺があった。日本山妙法寺というのは、現在百歳近い年齢になられて、今なお、非暴力、反核を唱えて世界中を行脚しておられる、藤井日達上人という方が始められた日蓮宗の一派である。当時、日本山妙法寺ではネパールの奥地にあるポカラという町に、世界平和と仏法の再興を期して一大宝塔を建設している最中であった。パタンのお寺は、首都に近い位置にあるので、日本にある本山からの連絡やネパール国政府との交渉なども兼ねる、いわば仮りものの寺であった。仮りものとは言え、石造りのがっしりした建物で、二階の本堂では朝晩のお勤めを始めとして、日本山妙法寺特有の厳しい行《ぎょう》が日々繰りかえされていた。行を根本とする藤井日達上人の指導は、例えば火のついた太い線香の束を二の腕に巻きつけて、その線香が燃え尽きるまでウチワ太鼓を打ちつつお題目を唱える焼身行に代表される、激しいものである。パタンのお寺を任されていたM上人の右腕にも、生々しい焼痕が刻まれていたが、法衣に隠れてそれは滅多には見られなかった。M上人とは出家する以前からの友人であった私を、カトマンドゥに到着した次の晩に、彼は訪ねてくれた。彼が、私のカトマンドゥ到着をどのようにして知り、また泊まっていた安宿をどのようにして見つけ出したのか今も不明のままだが、長い苦しいインドの旅を終えてようやくモンゴリアンの匂いのするカトマンドゥの街にたどりつき、さあこれからヒマラヤと共にあるのだと意気ごんでいた私の前に、M上人はあらかじめ通知でも受けた人のように立っていたのだった。

翌日、彼に伴われて私はパタンのお寺へ移った。私は日本山妙法寺の門下ではなく、ネパールへ来たのはヒマラヤに巡礼するのが目的だったのだが、誘われるままに、しばらく日本山の生活もしてみようと心を決めた。それについては、出家する前のM上人が、ネパールの「涙がこぼれ落ちるほどの平和」について一晩私に語ってくれ、私のネパール行きの火をかきたててくれたという過去の因縁もあった。

パタンのお寺の朝のお勤めは托鉢だった。まだ夜が明けきらない内にお寺を出て、M上人を先頭に一列に並んでウチワ太鼓を打ち鳴らし、南無妙法蓮華経、南無妙法蓮華経と声高く唱えながら町を一巡するのだった。ネパールの国教はヒンドゥ教であるが、古い仏教の町であるパタンには、仏教徒も少なからず居り、お題目を唱えながら進んでいくと、ところどころの家の戸口が開き、ある家ではお米を、ある家ではお金を、またある家ではお菓子や果物を、というふうに、首からぶら下げた布袋の中に入れてくれるのだった。

出家して僧侶となった人や、出家志望で修業をしている人達や旅行者達七、八人の最後尾について、私も毎朝その托鉢行に加わった。見ず知らずの町の、見ず知らずの人から僧侶でもないのにお布施をもらうのであるから、私も思わず頭部を手ぬぐいでおおって黒い髪を隠したほどに、それは実感のある行であった。何日か托鉢してみて判ったことは、パタンの町の人々は、南無妙法蓮華経という、明らかに彼らとは異質のお題目を、言葉や民族の異質故に異質とするのではなくて、そのお題目の背後にある信と行とを、全く素朴に自分達の胸に受けて、ブッダの法のもとにお布施をしてくれるのだということであった。お題目とは、いうまでもなく法施である。その法施に応えて、お米やお金やお菓子の財施がいただけるのである。パタンの町の人々は、物質的には決して豊かな人々ではないが、そのように法を尊ぶ心性と感性をまだ充分豊かに持っている人々であった。どのくらい古いのかは判らないが、古い時代の日本にも、たしかに大衆《だいしゅ》と僧とのそのような関係があったはずであった。ほぼ二時間廻る内にお布施の米は毎日、首から下げた布袋が重たくて苦痛になるほどにたまった。お寺に帰って全員の分を集めると、ずい分の量になった。それは私達の毎日の食糧となるほかに一定期間貯められてから、ポカラの大宝塔建設の現場へ送られるのだった。

そのようにして私は、毎日修行をさせていただいていたが、ひとつだけ不満があった。それは、憧れに憧れてそのためにここまでやって来たヒマラヤを、まだ一度も見ていないということだった。日本山妙法寺の体験は、充分に貴重なものであったが、私の旅の目的はヒマラヤにあった。ヒマラヤを見、ヒマラヤと共にあることにあった。けれども季節はちょうど雨期に入ったばかりで、雨期が明けるのはまだ三ヶ月以上も先のことであった。私は、M上人と顔を合わせると口ぐせのように「早くヒマラヤを見たい」と言った。何度目かにその言葉を吐いた時、上人は、

「御修行していれば、その内見られます」

と、厳しく冷たく言った。右腕の焼痕がぎらりと光るような言い方だった。

お寺に入って十日も経ったある日、その日もどんより曇った日であったが、私達は夜明けの托鉢に出掛けた。進んで行く内に、少しずつ空が明るくなってきた。ある通りの角を曲がって大通りへと進んだ時、にわかに先頭を行くM上人のお題目が大きくなった。はっとして顔をあ

げると、前方遙か彼方の雲が切れて、その雲の切れ間に、まるで幻のように白亜のヒマラヤ連峰が連なっているのが見えた。

「見た！」

ということをM上人に告げるために、私も一段と高い声でお題目を唱えた。そのお題目の中にくっきりと浮かんでいた白亜のもの、それは生まれて初めて私の生身が経験したヒマラヤであり、寂静印であった。

その日の夜、私はM上人に呼ばれ、誰もいない本堂のローソクの火の元で、ポカラの大宝塔の中心に埋蔵されることになっている、ブッダの真骨（仏舎利）三粒を見せていただいた。

その後私はお寺を出たが、二、三ヶ月してネパール政府の方針が変わり、ポカラに建設中の大宝塔は警官隊によって破壊され、ポカラで建設作業を進めていた数人の日本人僧と共にM上人も逮捕された。パタンのお寺も閉鎖された。「法難」という言葉を目のあたりにする出来事だったが、私にはこの法難への抗議のための行動は何ひとつ出来なかった。私はすでにネパール仏教の聖地であるスワヤンブナートの丘に居を移して、チベット人達と一緒に朝夕のお山廻りの行をする生活に入っていた。

あれから十年の月日が過ぎたが、M上人とはその後一度も会っていない。風の便りでは、彼は今フランスで、ヨーロッパの地に最初の大宝塔を湧出させるべく、日夜精進を重ねていると聞く。M上人だけでなく、出家前の友人であるK上人という人も、現在アメリカのボストンで、やはりそこに大宝塔を湧出させるべく日夜精進を重ねている。大宝塔とは仏舎利塔のことであり、日本山妙法寺の人達が、日本はもとよりインドにおいてもすでに幾十も湧出させた法華経の具現物である。そしてそれはまた、法主藤井日達上人が、百歳になんなんとする老軀を駆使して、永久世界平和、核廃絶の悲願を唱題されてきたその具現物でもある。

私の友人の内の何人かは、縁があって日本山妙法寺へと出家し、日本はもとより世界の各地に散って、法華経による永久世界平和、核廃絶の悲願を世界に向けて放っている。私はここ屋久島の地にあって、野良に立ち、お題目こそは唱えないが私なりの行をしている。その行は百姓という名の行で、永久世界平和、核廃絶を目指していることに変わりはない。

私達は、力によって核の廃絶、永久世界平和を獲得することはできない。核兵器という全生物を滅亡させるほどの力に対抗できるものは、私達一人一人の、地球上の人類の最後の一人まで の、核を廃絶せねばならぬとする強い意志の集積である。

私は、この道を、やはり野の道と呼ぶ。その野の道は、狭く困難の多い道ではあるが、何処にでもあり得、何処にでも通じる法《ダルマ》の道でもある。

宮沢賢治が、山谷に咲くマグノリアの木に寂静印を見た時、彼はそこに法《ダルマ》を見たのである。法《ダルマ》とは、もとより普遍の法《ダルマ》である。一地方とか岩手とかの法《ダルマ》ではない。けれども法《ダルマ》は、普遍性であるが故に逆に何処の誰にでも簡単に眼に見えるものではない。それを見るには、岩手山とか風の又三郎とかの具現物をとおして見ることの出来る人が見るほかはない。宮沢賢治が、花咲くこぶしの木に寂静印を見、法《ダルマ》を見たということは、実は彼は場という普遍性を見たのである。中央とか地方とか、田舎だとか都市だとか、あるいは文明国であるとか未開発国であるとか、あるいは仏教徒であるとかキリスト教徒であるとか、あるいはまた農民であるとか詩人であるとかいう、あらゆる対立、相対が消え失せてしまう、今ここのほかならぬ絶対の場のマグノリアの花を、彼は寂静印として受け止めたのである。

このような宗教的認識、あるいは感受が無かったならば、修羅に立った宮沢賢治は、他の多くの詩人達や学者達のように、愛する故郷を棄てて都市（東京）の人への道を開いていたであろう。

宮沢賢治を花巻にとどめたものは、まさしく法華経による「場が普遍である」とする自覚、あるいは法《ダルマ》は普遍であるという自覚であった。故郷には、父があり母がある。愛する妹の墓もある。岩手山があり姫神山があり早池峰山がある。雲が流れ、風が吹く。風の又三郎が飛んでくる。雪が降り、雪が解ける。春が来てこぶしの花が咲く。百姓達が野良に出る。それらのすべての風景や人々を、宮沢賢治はもちろん深く愛していた。父と家の商売への憎しみや、農民への不信感をも含めて、彼は故郷を深く愛していた。その愛に加えて、法華経の信と行という光が認識された時、都市（東京）は都市というひとつの場にすぎず、岩手という一地方は逆に、ドリームランドとしてのイーハトヴに深く変身したのである。

屋久島は、今朝もすばらしいお天気で、空は青く晴れわたり瑞々《みずみず》しい陽がさんさんと射している。私が弥陀の山と名づけた家の裏山では、メジロやウグイスが賑やかに啼き立てている。新緑の大いなる盛り上がりのところどころに、マグノリアならぬイイギリの花が、真っ白にしんしんと咲いている。それは寂静印であると同時に施無畏《せむい》印でもある。

三

「あなたですか、さっきから霧の中やらでお歌ひになった方は。」

「えゝ、私です。又あなたです。なぜなら私といふものも又あなたが感じてゐるのですから。」

「さうです、ありがたう、私です、又あなたです。なぜなら私といふものも又あなたの中にあるのですから。」

その人は笑ひました。諒安と二人ははじめて軽く礼をしました。

――「マグノリアの木」より

いつのまにかもう十四、五年も前のことになるが、私達は鹿児島県のトカラ列島中の諏訪之瀬島に、バンヤン・アシュラム（がじゅまる瞑想場）という場を作り出すことに熱中していた。私も今よりは十四、五歳ほどは若く、他の仲間達も同じように若かったので、若いエネルギーを思う存分にその場に注ぎこんだ。

同じトカラ列島に属する平島《たいら》と悪石島《あくせき》が見えはするものの、外界との唯一の交通手段である鹿児島からの船は、週に一度来るか来ないかの、まさに孤島の名にふさわしい総人口五十人にも満たない小さな島である。私達がそこで何をしていたかといえば、具体的には竹藪を切り払って畑を作ることであった。山から手頃な木を切り出してきて、鋸で切り、ハツリ斧ではつり、ノミでほぞやほぞ穴を掘り、骨組を組み立てて家を作ることであった。切り開いた畑に鍬を入れ、そこに種をまくことであった。あるいはまた海に下って、釣りや潜りによって魚を獲ること、貝類を集めることであった。

けれども私達は、それらの行為を、百姓あるいは漁師、大工等として取り組んでいたわけではなかった。それらの行為は、仕事としてすらも行なわれていなかった。私達が想っていたのは、生活の聖化ということただそれだけだった。自分達の人生は、自己の内なる聖なるものを見詰め、それを自ら実現することにこそ意味があるのであり、その他に究極的に意味のあるものはなかった。

夜明けと共に起き出し、共同の水場で顔を洗うと自分の小屋に戻って座禅をした。座禅といっても、管理社会に埋没して無力になってしまったかに見える伝統禅そのままのやり方ではなく、各人のまったく気ままな座禅で、ある人はヒンドゥ的なやり方を取り入れ、ある人はチベット的なやり方を取り入れ、ある人はまた伝統禅そのままの方法で坐り、身口意《しんくい》の三密でやる真言宗のやり方をする人もあった。各人各様のやり方であった。小屋で坐らず、マキバと呼ばれている牛の放牧場の一角にある大石に行く人もあれば、少し遠いが海岸まで降りて行く人もあった。誰からも強制はされず、そういうことをしたくない人はしなくてもよかった。

食事当番が食事の用意が出来たことを告げる、澄んだ大鈴の音が鳴るまでの約二時間、私達は私達なりの自己の神聖に向かい合うのだった。タブの木の下に二列に向かい合ってしつらえられた食卓に向かい、カライモその他の質素な食事をする間も、私達はほとんど無言だった。梢をわたる風の音、鳥達の啼き声、時には島の御岳《おたけ》がドーンと噴火する音を聞きながら、黙ってひたすら自己を見詰めて食事をした。

食事が終わると、それぞれの作業に取りかかるが、その作業も多くは沈黙の内に行なわれた。沈黙の代わりにヒンドゥ風のマントラを歌うこともあった。作業は、職業としてでも仕事としてさえでもなく、ただ作業として行なわれた。この作業は常にかなりの重労働であった。朝の十時と昼の二時におやつの時間があり、日暮れ前の二時間は小屋に戻って、各自夕暮れ時の瞑想に向かった。私の印象では、朝は座禅という感じが強く、夕方のは瞑想という感じが強いのだが、このこともまた自由なアシュラムの雰囲気を表わしていると思う。夜食は少し御馳走で、質量ともに朝とは比べものにならなかったが、やはり買ってくるものではなくてその場にあるものを調理する、質素なものであった。当時島には、もちろん一軒の商店もなかった。焼酎も廻ったが、多く飲むことは慎まれた。当時私も若かったが、私よりもさらにずっと若い人達もいて、夜の時間は歌や踊りで満たされることもあったが、その歌はやはり神々への讃歌やマントラであり、深い宗教的な陶酔をもたらすものであった。

バンヤン・アシュラムで無言の内に修行されていたことは、自我ないしエゴの滅却ということであった。その灰の中から立ち現われる、愛の享受ということであった。荒々しく、隔絶された孤島という自然条件の中では、寺院や既成宗教の中では除外されてしまうワイルドな肉体性が要求される一方で、寺院や既成宗教の中で大切にされる観念性や管理性はほとんど役に立たなかった。

バンヤン・アシュラムにおいては、自分の住むスペース（小屋）ひとつ自分の手で作れないものが智慧を語っても、その智慧は少しも力を持たないし、魚一匹突いてこれないものが他者への奉仕を語っても、その言葉はただ宙に浮くだけのものであった。

宮沢賢治は「私といふものも又あなたが感じてゐるのですから」という言葉に答えて、「ありがたう、私です、又あなたです。なぜなら私といふものも又あなたの中にあるのですから」と、言い切ることの出来る世界を知っていた。それは、私達が思うことの出来る限りに美しい事実であり、そして静かな世界でもある。

「マグノリアの木」という童話において、主人公の諒安は、最初に暗いじめじめした霧の中を、這いつくばるようにして岩山を登って行く。途中で疲れて、絶望して霧の中に倒れこんだまま眠ってしまったりもする。やがてようやく霧がはれて、山上の平地が現われて来る。やがて陽が射す。賢治の喜びのモチーフである草地の黄金《きん》色が現われる。そしてマグノリアの木が現われ、二人の瓔珞《ようらく》をつけた童子が現われ、その人が現われる。その人と諒安はそこで、言葉を交わすのである。

この技術文明社会、管理システム社会の中にあっては、あるいは私達には希むべくもないことかも知れないが、その人に出会うことはやはり私達の中にひそんでいる根源的な願望ではあるまいか、と私は思う。十五年以前に、私達がトカラ列島の諏訪之瀬島でやり始めたことは、その人に出会い、その人と言葉を交わしたいという願望からであった。そしてその願望は、東シナ海に浮かぶあの小さな活火山島の一隅にあるバンヤン・アシュラムという舞台で、ほぼ完全にと言ってよい程に実現されていたのである。

朝の座禅を終えてタブの木の下の食卓へと歩く時に、私は例えばその人に会うのである。その人は、童話の中では瓔珞をつけた特別の人のように描かれているが、その本質は「私は又あなたです」と直接感じることの出来る人であり、そのような世界、場である。

「お早う」

と私は声をかける。

「お早う」

とその人は答える。私達は二人並んで竹や松におおわれたアシュラム内の小径を、ゆっくりとタブの木の下の食卓へと歩いてゆく。昇ったばかりの朝日が、梢越しにきらきらと光を降りまき、その人の顔にも降りかかっている。その光は、朝日から来たものではあるが、その人の内面から来たものでもある。朝日とその人とは別のものではない。私とその人ともまた別のものではない。私達はひとつのものとなって、けれどもその人はその人、私は私、朝日は朝日で、けれども疑いようのないひとつのものとして、一体感として歩いているのだった。そこにあるものをあえてひとつの言葉で表現するならば、それは美しい朝であった。美しい朝。思わず合掌してその人を見れば、その人もやはり合掌しているではないか。

食卓に着くと、そこにはたくさんのその人達がいる。その人達の顔は一人一人異なっているけれども、そこに私が見るのは、すべて一人一人異なっている私の顔である。そして私が見られる時には、私の顔はその人達の中の一つの顔だったのである。

食卓にも透明な木洩れ陽が差しこんでいる。油で揚げたカライモと味噌汁だけの簡素な食卓ではあるが、そのおいしそうなことといったらない。

ここにはマグノリアの木もイイギリの木もないが、頭の上に梢を差しのべているタブの木の若葉が、寂静印である。私達の一人一人がその人でありまた私である。

## 四

宮沢賢治は、マグノリアの木から静かに流れてくる香りを「覚者の善」であるという。そしてそれはまた「私どもの善です」という。

覚者の善は絶対です。それはマグノリアの木にもあらはれ、けはしい峯のつめたい巌《いは》にもあらはれ、谷の暗い密林もこの河がずうっと流れて行って氾濫《はんらん》をするあたりの度々の革命や饑饉《ききん》や疫病やみんな覚者の善です。けれどもこゝではマグノリアの木が覚者の善で又私どもの善です。

屋久島は、周囲ほぼ百キロの円形の島である。島は円いが山は高い。最高峰は海抜一九三五メートルの宮之浦岳で、これは九州沖縄地域の中では最も高い山である。宮之浦岳だけが高いのではなく、千メートル以上の山々が四十五座も連なっている山岳島である。

山の中に一歩足を踏み入れると、眼に見えるものは山ばかりで、山また山と何処までも続いてゆく。透明な渓谷はごうごうとしぶきを上げて流れ下り、今いるこの場所が島であるとはとても思えない。

営林局の乱伐によって、原生の森の大半は哀れな杉の生産林に変えられてしまったが、運よく残された部分の見事さは息を呑むばかりである。この森の奥に、縄文杉と呼ばれる一本の老樹が自生している。

この森の奥には、この杉だけではなく、樹齢二千年三千年、五千年六千年と推定される老杉が、まだ少なからず自生しているのだが、その内の最古来のものとされている縄文杉は、齢《よわい》およそ七千二百年と推定されている。私はこの杉をかつて聖老人と呼び、時には山の親爺と呼び、時にはまた島の人々と共に縄文杉という名で愛称しているが、私がこの島に住むようになったのは、その縄文杉が呼んでくれたからである。私にとって屋久島とは縄文杉の島であるばかりでなく、世界とはいわばこの縄文杉の場なのである。

私にとってはこの縄文杉が「覚者の善」である。

私がこの島に住み始めたのは、ほぼ六年前のことであるが、それより更に五年ばかり前に一度この島に来たことがある。その時は、住む場所を求めての行き当たりばったりの旅であったが、行き当たりばったりの旅ながらも、本能的に屋久島に魅かれるものがあった。島について二日目の晩だったか、ある開拓部落の農家を紹介されて、その家に泊めていただいた。主人のRさんは、陽焼けした老顔いっぱいの笑いをこぼしながら焼酎をすすめて、

「わたくしは七五岳《しちご》と破差岳《はさ》の間で、猿や鹿といっしょに地面に這いつくばって、もう何十年も暮らしてきましたのです」

と語り始めた。

Rさんの語りの中で、私はこの島に縄文杉と呼ばれる途方もない樹齢の木があることを初めて知った。その夜は、屋久島に特有のスコールのような大雨が雷鳴と共に終夜降りつづいた夜で、Rさんの話も途切れ途切れにしか聞きとれないほどであったが、縄文杉の名を初めて聞くには、まことにうってつけの夜でもあった。島人《しまびと》の心の拠りどころであり誇りでもあるらしい一本の杉のことを、Rさんはまた自分の拠りどころであり誇りでもあるものとして、焼酎をすすめながら淡々と語ってくれた。

しばらくしてから休ませていただいたが、私はその夜は疲れていたにもかかわらずなかなか寝つけなかった。大雨が屋根を叩く激しい音や雷鳴にまじって、時々この家の産まれたばかり

だというお孫さんのか細い泣き声が聞こえてきた。眠れないままに縄文杉のことなどを想っている内に、不意に部屋の豆電球が消えた。あまりの大雨か雷で何処かの電線が故障したのであろう。真っ暗になってしまうと、私はかえって眼が冴えてしまい、もう眠ることはあきらめて、横になったまま呼吸を整えて、縄文杉のことを想った。その想いの先には、樹齢七千二百年という途方もない老樹の大きな黒い息吹があり、それはまだ実際に見たことのない姿ながら神韻《しんいん》とした波動として私の呼吸に伝わってきた。それは、神や仏から受ける光の性質とはかなり異なったもので、あえて言うならば自然自体が放つ深い霊性の波動であった。

私は、諏訪之瀬島の活火山である御岳《おたけ》からも自然自体が持つ霊性の放射を感じており、諏訪之瀬島を訪れる時には、船が島に近づき御岳がくっきりと見えてくると、いつでも手を合わせて礼拝し、それを島へ入る前のひそかな自分の儀式として、それから上陸することにしている。けれどもその夜の暗闇の中で縄文杉から与えられたものは、御岳から受けるものともかなり異なっていた。噴煙を吐き、時にはどかーんと火も噴きあげる御岳は、山肌も荒々しく地の底の底までとどいているような強さと孤独感があったが、縄文杉には素朴で生々しい原初的に静かな生命感があった。けれどもその素朴で原初的な生命感はとてつもなく深いもので、それを感じたとき、私の胸の奥でひそかに身震いするものがあったほどである。

この島に住みたい、と私は願った。

だがその時の旅では、まだ機は熟していなかったので、住める土地は見つからず、私は次の次の日の船で向かい側の種子島に渡ってみたのだった。種子島は平坦な広い島で、住みたいという気持ちにはならなかった。

住む場所が見つからないままに、その後私は家族と共に一年間のインド・ネパールの巡礼の旅に出たが、帰国して最初に聞いた知らせは、屋久島に場所を提供してくれる人が現われたという情報であった。

宮沢賢治は、マグノリアの木から漂ってくる花の香りを「覚者の善」という言葉で言い表わした。私もこの言葉にそのまま同意する。「覚者の善」というものは、この世に存在するもので、この世だからこそ存在するものである。それは例えば、コブシの木からうっすらと流れてくるたとえようもなく清浄な香りであり、縄文杉の巨大な存在感である。けれどももちろん、世界は絶えずコブシの花の香りで満たされているわけではなく、縄文杉のような杉がやたらと自生しているものでもない。賢治が言うように「この河がずうっと流れて行って氾濫《はんらん》をするあたりの度々の革命や饑饉《ききん》や疫病やみんな覚者の善です」という様相こそが、覚者の善の正念場である。

先にも触れたように、屋久島の縄文杉を含む原生林は、それは見事なものである。森に不馴れな都会人が、一人でこの森を歩けば恐怖すら感じるかも知れない。また山歩きに馴れた人が歩けば、ずいぶん楽しく意義深い思いをするだろう。心ある人が歩けば、この森に人間性の原郷を感じ取り、核兵器を頂点とする現代の技術主義文明や管理社会システムや、その中での自分の生活を心底はがゆいものと感じるであろう。

原生の森は、それがそこにあるだけで無限に豊かなものを私達に与えてくれる。

けれどもそうは思わない人達もいる。この森の樹をチェーンソウで伐り倒して、パルプ材建材その他の商品に変え、その代わりに三十センチほどの杉苗を植林することを仕事としている営林局の人々がそれである。この人達は、国家の名においてこの島の森の大半をすでに伐り尽くした上、今もなお伐りつづけている。地元の心ある人達が必死の抗議をし、それを援助する島外の人達の努力もあって、部分的には伐採禁止地区が制定されてきたが、その部分は猫の額《ひたい》ほどのものに過ぎない。

昨年〔一九八二年〕はまた、島の西部地区の原生林八百ヘクタールを伐るという方針が営林局から出され、心ある島の人達は眼の色を変えて阻止運動に立ち上がった。この運動の中核を担っている「屋久島を守る会」の代表をしているSさんに、その頃私は問いただされたことがあった。

「あなたは常日頃、縄文杉縄文杉と言っているが、今度営林局が伐るという八百ヘクタールの原生林と、縄文杉のどっちかを残すということになれば、どんなものだろうか、あなたはどっちを選びますか」

縄文杉はもちろん伐ってはならないものであり、瀬切川《せぎれ》地区の八百ヘクタールも絶対に伐らせてはならないものである。

「両方とも伐らせないことを選びます」

と私は答えた。

「それでSさんはどうですか」

と今度は私が尋ねた。

「僕は縄文杉を伐って、瀬切川流域を残す」

Sさんは明確に答えた。

その答えを聞いた時、私の中でひとつ崩れて行くものがあった。縄文杉は屋久島のみならず、日本及び世界の生態系のひとつの象徴であり、もし縄文杉を伐ると言えば、島中の人々はおそらく一人残らず声を放ってそれを阻止するために立ち上がるだろう。島の人達は、私も含めてそれほどにこの老杉を心の中で大切にしており、愛しており、誇りにも思っている。

一方で、瀬切川流域の問題については、島内の意見も分かれていて、賃仕事になるのでむしろ積極的に伐ろうではないかという人さえ部分的にはあったのである。

縄文杉が「覚者の善」であることはすでに言をまたない。私の中で崩れ去って行ったものというのは、縄文杉にのみこだわっていた私の、いまだに観光客的な気分からぬけ切れないでいる個的な感覚であった。

Sさんの答えは、明確であった。瀬切川流域が残れば、当然縄文杉も残るのである。逆に、瀬切川流域が伐られまた別の原生林が伐られすべての原生林が伐られて、その果てに縄文杉一本がこの島に取り残されたとしたら、それは無残というよりは、独善ですらある。屋久島の原生林があって、そこに縄文杉も自生しているのであり、その逆では決してない。これは人間を含む生態系についての根本認識であるはずである。

私はその時より、縄文杉への愛と尊敬はいささかも変わらないものの、縄文杉、と呼ぶよりは「屋久島の森」と呼ぶことの方に、より深い意義と喜びを見出すようになった。

けれども、このことは宮沢賢治の言葉によれば「この河がずうっと流れて行って氾濫《はんらん》をするあたりの度々の革命や饑饉《ききん》や疫病やみんな」にあらわれている覚者の善であり「ここではマグノリアの木が覚者の善で又私どもの善です」という所に帰らなくてはならない。

私達が出発するべきひとつの原点はここにある。ここからすべてが始まる。

宮沢賢治は、浄土真宗に深く帰依した両親の元に大切に育てられ、幼い時から信心の空気の中で呼吸していた。年譜によれば、満十八歳の時盛岡高等農林学校（現在の岩手大学）の受験を目前にして、島地大等という人が編纂《へんさん》した『漢和対照妙法蓮華経』を読み、身が震えるほどの感動を受けた、とされている。以後二十年間、三十七歳で息を引き取るまで法華経信仰は賢治の身心を貫くのであるから、この十八歳の時の体験は、思春期の気まぐれな感動などではなく、ひとつの覚醒であったとさえ見ることができる。それはまだ多分に観念的なものではあっただろうが、如来寿量品《にょらいじゅりょうほん》（法華経第十六）に言うところの如来の現存を、あたかも見るが如くに感じ取ったであろうことは想像できる。

賢治の家の家業は質屋を兼ねており、朝夕熱心に「南無阿弥陀仏」を唱える父親が、その同じ口で、貧しい人達が持って来る大切な品々をぎりぎりまで安く値切り、非情の利益をむさぼっているかの如き実状を、彼は日常的に眺めていたはずである。しかも彼は、そうして得られた利益によって、金銭的には何不自由なく高等農林学校への道を志すこともできたのである。

商人の非情さについては、童話「なめとこ山の熊」や「カイロ団長」にあからさまに描き出されているし、死後発見された未整理原稿中の「峯や谷は」と仮題された小文の最後には、

われは誓ひてむかしの魔王波旬《はじゅん》の眷属《けんぞく》とならず、
又その子商主の召使たる辞令を受けず。

という文章も記されている。

浄土真宗の、念仏さえ唱えていれば救われるとする身勝手な側面は、やはり童話「洞熊《ほらくま》学校を卒業した三人」の中で辛辣に描き出されている。

狸《たぬき》は兎《うさぎ》の手をとってもっと自分の方へ引きよせました。

「なまねこ、なまねこ、みんな山猫《やまねこ》さまのおぼしめしどほりになるのぢゃ。なまねこ。なまねこ。」と云ひながら兎の耳をかじりました。兎はびっくりして叫びました。

「あ痛っ。狸さん。ひどいぢゃありませんか。」

狸はむにゃむにゃ兎の耳をかみながら、

「なまねこ、なまねこ、世の中のことはな、みんな山猫さまのおぼしめしのとほりぢゃ。おまへの耳があんまり大きいのでそれをわしに嚙《かじ》って直せといふのは何といふありがたいことぢゃ。なまねこ。」と云ひながら、たうとう兎の両方の耳をたべてしまひました。

兎もさうきいてゐると、たいへんうれしくてボロボロ涙をこぼして云ひました。

「なまねこ、なまねこ。あゝありがたい、山猫さま。私《わたし》のやうなつまらないものを耳のことまでご心配くださいますとはありがたいことでございます。助かりますなら耳の二つやそこらなんでもございませぬ。なまねこ。」

狸も、そら涙をボロボロこぼして、

「なまねこ、なまねこ、こんどは兎の脚をかじれとはあんまりはねるためでございませうか。はいはい、かじりますかじりますなまねこなまねこ。」と云ひながら兎のあとあしをむにゃむにゃ食べました。……

これは、洞熊《ほらくま》学校を卒業してお寺の住職になっているたぬきの所へ、お腹が空いて死にそうだと言って助けを求めに来たうさぎに対する、和尚としてのたぬきの仕業である。うさぎは、ますます感激して「なまねこ、なまねこ」と唱えている内にすっかり食べられてしまい、たぬきの腹の中で「すっかりだまされた。……あゝくやしい」と叫ぶわけである。

このような家業への不信と、浄土真宗を信仰する父の信と行との不一致に対する悲しみは、賢治の修羅のもうひとつの側面である。

浄土真宗の教えは、一般的には阿弥陀仏の御名を呼ぶことによって阿弥陀仏の誓願が発露し、御名を呼ぶものが救い摂られるという流れの中にあり、質屋であろうと盗人であろうと、その罪を自覚して御名を呼べば阿弥陀の慈悲はそれに応える。賢治は、父を憎む一方では深く愛してもおり、家の問題についても決しておろそかに考えるような人ではなかったので、親鸞の「歎異抄」を読んだ時には浄土真宗を受け入れ、同時に家業を継ぐ決心をしたこともあったことが知られている。

けれども、一度賢治を貫いた法華経は、家業への嫌悪とともに彼にとってはすでに根源的なものであった。法華宗にあっては、信に基づく行が問われるのであり、法華行者という言葉もあるように、信と行とは一つのものである。法華宗にあっては、口で南無妙法蓮華経を唱えながら、手で貧乏人を搾取するというような事は許されない、と賢治は思ったはずである。法華経の精神、というより法華行者の精神は、不惜身命《ふしゃくしんみょう》の言葉に象徴されるように、そこに貧しい人があれば、その人を助けることをもって行のまこととする、と賢治は思ったはずである。

宮沢賢治が正式に、東京に本部を持つ日蓮主義信仰団体「国柱会」に入会して御曼陀羅《おまんだら》を受けるのは、大正九年、二十四歳の時である。

私の推定では「マグノリアの木」が書かれたのはその翌年二十五歳の年のはずであり、この時分には賢治の法華経信仰は、明確に信から行へと転じ始めている。

ちなみに、最初の章で扱ったイーハトヴ童話『注文の多い料理店』及び『春と修羅』第一集が自費出版されたのは、大正十三年、賢治二十八歳の年である。ということは、現在残されている宮沢賢治の詩及び童話の大部分が「覚者の善」という認識が得られた後に創作されたものである、ということであり、私達はこのことを記憶しておく必要がある。

法華経全二十八巻の内、その真髄とされているのは第十六巻の如来寿量品である。如来寿量品の中でも、後半の「自我偈《じがげ》」と呼ばれる五文字一句から成る詩の部分が、法華行者達によって声高らかに唱えられるのは、やはりこの「自我偈」が法華経の中心思想だからである。
以下にその最初の部分を引用する。現代語訳は、筑摩書房刊世界古典文学全集七の紀野一義さんの訳文に部分的に私が手を加えたものである。

自我得佛来《じがとくぶつらい》　所経諸劫数《しょきょうしょこっしゅ》　無量百千万《むりょうひゃくせんまん》　億載阿僧祇《おくさいあそうぎ》
わたしが仏になって以来経過した劫の数は無量無数百千万億劫である。
常説法教化《じょうせっぽうきょうげ》　無数億衆生《むしゅおくしゅじょう》　令入於佛道《りょうにゅうおぶつどう》　爾来無量劫《にらいむりょうこう》
常に教えを説いて無数億の生ける者たちを教化して仏道に入らしめた。それより以来無量劫である。
為度衆生故《いどしゅじょうこ》　方便現涅槃《ほうべんげんねはん》　而実不滅度《にじつふめつど》　常住此説法《じょうじゅうしせっぽう》
生ける者たちを救うために方便によって世を去ると語ったけれども、しかも真実には世を去ることなく、常にここにあって教えを説いている。
我常住於此《がじょうじゅうおし》　以諸神通力《いしょじんつうりき》　令顛倒衆生《りょうてんどうしゅじょう》　雖近而不見《すいごんにふけん》
わたしは常にここに在るけれども、もろもろの神通力によって、心の顛倒した者たちの眼には、近くにあっても見えないようにしてあるのだ。

衆《しゅ》見《けん》我《が》滅《めつ》度《ど》　広《こう》供《く》養《よう》舎《しゃ》利《り》　咸《げん》皆《かい》懐《え》恋《れん》慕《ぼ》　而《に》生《しょう》渇《かつ》仰《ごう》心《しん》

わたしが世を去ったのを見て、生ける者達は広くわたしの遺骨《しゃり》を供養し、ことごとく皆、恋慕の心を懐き、あいたいという渇望の心を生ずる。

衆《しゅ》生《じょう》既《き》信《しん》伏《ぷく》　質《しち》直《じき》意《い》柔《にゅう》軟《なん》　一《いっ》心《しん》欲《よく》見《けん》佛《ぶつ》　不《ふ》自《じ》惜《しゃく》身《しん》命《みょう》

生ける者たちの心が信伏し、素直であって、こころが柔軟になり、一心に仏を見たいと願って体も心も惜しまぬときは、

時《じ》我《が》及《ぎゅう》衆《しゅ》僧《そう》　倶《く》出《しゅつ》霊《りょう》鷲《じゅ》山《せん》　我《が》時《じ》語《ご》衆《しゅ》生《じょう》　常《じょう》在《ざい》此《し》不《ふ》滅《めつ》

わたしと比丘たちとはともにグリドラクータ山に姿をあらわし、生ける者たちに、わたしは常にここに在って、世を去ることはないと語る。

以《い》方《ほう》便《べん》力《りき》故《こ》　現《げん》有《う》滅《めつ》不《ふ》滅《めつ》　余《よ》国《こく》有《う》衆《しゅ》生《じょう》　恭《く》敬《ぎょう》信《しん》楽《ぎょう》者《しゃ》

方便力によって、世を去ることを示したり、生まれることを示したりもする。また、他の国土の生ける者たちの中に、恭敬し信ずる者があれば、

我《が》復《ぶ》於《お》彼《ひ》中《ちゅう》　為《い》説《せつ》無《む》上《じょう》法《ほう》　汝《にょ》等《とう》不《ふ》聞《もん》此《し》　但《たん》謂《に》我《が》滅《めつ》度《ど》

わたしはかれらの中においてもこの上ない教えを説く。おまえたちはこのことを聞かず、ただわたしが世を去ったとばかり思いこむのだ。

我《が》見《けん》諸《しょ》衆《しゅ》生《じょう》　没《もつ》在《ざい》於《お》苦《く》海《かい》　故《こ》不《ふ》為《い》現《げん》身《しん》　令《りょう》其《ご》生《しょう》渇《かつ》仰《ごう》

わたしがもろもろの生ける者たちを見るのに、苦しみの海に沈みこんでいる。それ故に、身を現わすことなく、かれらに渇望する心をおこさせるのだ。

因其心恋慕《いんごしんれんぼ》　及出為説法《ないしゅついせっぽう》　神通力如是《じんつうりきにょぜ》　於阿僧祇劫《おあそうぎこう》

その心に、恋慕して切に会いたいと思うとき、姿をあらわして教えを説く。わたしの神通力はこのようなもので、無数劫のあいだにわたり、

常在霊鷲山《じょうざいりょうじゅせん》　及余諸住処《ぎゅうよしょじゅうしょ》

常にグリドラクータ山およびその他のもろもろの場所に在る。

ここで説かれていることは、如来の寿命は無量の過去から無量の未来にわたるものであり、ブッダの涅槃と共に舎利となって消え去ったのではなく、衆生が恋慕して切に願えば、いつまでも何処にでも姿を現わし、ブッダの時と同じく法を説くであろう、という思想である。如来は、グリドラクータ山のみならず、岩手山にあっても早池峰山にあっても、他の無数の山々にあっても、もし人が心から恋慕し切望するならば、姿を現わして法を説いて下さるはずである。

宮沢賢治が「覚者の善」という言葉によって言い表わしたもの、あるいは「覚者」という言葉をもって呼んだものは、不滅遍在の如来そのもののことであった。

宮沢賢治は修羅の人ではあるが、彼の修羅は、修羅を越えたものとしての如来性を自覚しているが故での修羅であり、如来から断たれた修辞学としての不毛の修羅ではない。

マグノリアの花の姿に寂静印を見、その花の香りに覚者の善を感じ取る宮沢賢治は、生涯法華経の信行者であったと同時に、一般的な法華経信者の認識を越えて、汎神論的形而上学の場とも呼ぶべき世界、即ち宮沢賢治の世界に立ってしまっていたのである。

私が好きな「真理はひとつ。聖者はそれをさまざまな名で呼ぶ」（リグ・ヴェーダ）という言葉にも示されているように、法華経から入ろうと阿弥陀経から入ろうと、大日経から入ろうと華厳経から入ろうと、あるいはまた老子道徳経やバガヴァット・ギータ、バイブル、神道から入ろうと、結果は等しく永久に逃れることは出来ず、逃れてはならない「今、ここ」の真理に帰ってくると私は思っている。「今、ここ」にマグノリアの花が咲き、平和と喜びがあり、私のイイギリの花が咲いているならば、この今から私達は私達の真理をもって歩き始める以外にはない。私が野の道と呼ぶ道も、結局は何処へ行く道でもなく「今、ここ」にあるものでしかない。宮沢賢治と共に、今、ここ、の真理に立ち、修羅に立ってもう少し私達の旅を続けてみよう。

# 腐植質中の無機成分の植物に対する価値

結論。

今次実験ノ供試土壌ニ就キ、次ノ結論ヲ得。

腐植質中ノ燐酸ハ殆ンド全部、植物ニ不可給態ナリ。

ソノ量ハ、土壌中現ニ可給態ナル燐酸ノ量ニ比シテ甚大ニシテ、百倍以上ニモ及ベリ。

不良土ニ於テハ、土壌ヲ単ニ自然情況下ニ永時放置スル事ニヨリテ、腐植質中ノ燐酸ガ植物可給態ニ変ズル事ハ期待スベカラズ。

腐植質中ノ加里ハ、比較的少量ニシテ現ニ可給態ナル加里ノ量ト大差ナク、植物営養上ノ大ナル問題ヲ成サズ。

ソノ実際ニ可給態ナルヤ否ヤハ俄ニ断定シ難キモ、寧ロ否定的傾向ヲ示ス。


――「腐植質中ノ無機成分ノ植物ニ対スル価値」より

# 一

夜半から降り始めた雨が朝になっても止まず、むしろ激しくなって一日中降りつづいている。ラジオは、私達の南九州地方が今日から梅雨に入ったことを告げている。屋久島の人々は、屋久島の梅雨入りは鹿児島地方と一緒で（つまり奄美地方より遅い）梅雨明けは奄美地方と一緒で（つまり鹿児島より早い）あると言って、この季節が短いことを自慢するが、いずれにしろこれから長い雨の季節が始まるのだ。

梅の実はもうとり入れて、最上のものは梅干用に、中位のものは梅酒用に、そして黄熟したり傷ついたりしたものはジャム用に分け、もうそれぞれに仕込み方も終わっている。今年は梅の成《な》り年で、数は豊富だったがそれだけに一個一個の実は小さかった。梅ジャムは、黄熟が過ぎたせいか梅特有の酸味が少なくて、あまり上等の出来ではなかった。

すべては妻の順子がすることであるので、私はただ実を落とす時に手伝うだけである。上等の出来ではなくても、家の中に豊富にジャムがあり、広口の専用びんに四本も梅酒が仕込まれ、梅干も中ガメ二個にたっぷり仕込まれているのは、ずい分豊かなことである。それは百姓の豊かさであるが、より一層女の人の豊かさである。

これでもう夏を待つばかりだが、今年はわが家の野菜畑は大変に出来が悪い。例年であればすでにキュウリの四、五本は初物として食べられるのだが、今年はまだ苗にもなっていない。今年は私が野菜畑からは全面的に手を引いて、一切を順子に任せたことにも一因があろうが、それ以上に畑じゅうにセンチュウがまんえんしたことが原因である。

キュウリにしろトマトにしろナスにしろ、発芽してからの成長がとても遅い。ということは根がセンチュウにやられてしまって、ぐんぐんとは伸びられないのだ。勢いがつかずのろのろと葉を伸ばしている内に、今度は葉を食べる虫の方が優勢になり、葉は食べられてしまうし根は食べられてしまうしで、結局は枯れてしまう。まき直した種もまた同じようなことを繰り返している。

農薬をまけば解決される問題であるが、私も順子もそんなことまでして野菜を育てる気持ちがないので、一切撒布しない。ある人に聞いたら、そういう時はトウモロコシをまいたら良いと教えてくれたそうで、順子は今、畑じゅうにトウモロコシをまいている。トウモロコシは、今の所は順調に育っている。昨年アメリカから帰ってきた友人が、アメリカインディアンのトウモロコシだと言って、めずらしい種をくれた。ストロベリーコーンと言って、色も形も赤いイチゴによく似ている。トウモロコシだから一粒一粒の実は同じだが、それが一本にまとまると、ちょうど大きなイチゴのような形なのである。ホピ族が食べるという、白色と紫色のまじった別の種類のものももらった。それらに加えてやはりあのフニャフニャの改良種であるハニーバンタム種もまき、今、畑ではそれらの苗がかなりの勢いで育っている。

福岡正信さんほどは徹底できないけれども、私も、少なくとも化学肥料と農薬は使わない農業に取り組んで、もう六年になる。何故化学肥料や農薬を使わないかと言うと、それが体によくないのは当然のこととして、私の中に結局、科学というものに対する不信があるからだ。科学が全面的に悪いものではなく、科学もまた人次第方向次第であることは充分に承知しているつもりだが、現在ある限りにおいての科学は、人次第の人を通り越してしまって、独自の非人間的なシステムを持ってしまったようである。良心的な科学畑の人達が、このような科学の現状を改める方向で日々仕事を続けていることも承知はしているが、そのことは、すでに科学が達してしまった現状をいささかも肯定させるものではない。

私達は人間であり、非人間的なシステムや科学成果の奴隷ではないのだということを、良心的な科学者達と共にはっきりと主張するために、私は化学肥料や農薬を一切使わない。化学肥料や農薬が出現する以前から、農業は何千年と営まれてきたのだし、化学肥料や農薬が出現した現在でも、ユニセフの白書によれば地球上で毎日(毎年ではない)乳幼児を主として五万人もの人間が、飢餓のために死んでいるのである。私達の世界ではたらふくに肉や米を食べ、食べ切れない分はおしげもなくゴミ箱に棄てられているというのに、別の世界ではお米も小麦粉もなくて、飢えて死んでゆくのである。このことは、一見科学の責任ではなく富の分配の問題のようであるが、自然を搾取して富と化し、その富が原因で権力や国家や管理システムが生じる大もとに科学が奉仕していることを考えれば、潔白であるとは言い切れないのである。

私は国家と同様に科学には強い不信感を持っている。科学を原理とし根本の力として成立している、現代の強大な技術文明社会、管理システム社会にも不信感を持っている。それで、信頼出来る社会、納得のゆく社会を目指したいと思って、今、ここの野の道に立っている。

けれどももちろん全面的に科学を否定しているわけではない。たとえば、両親が死んでしまったので、私の所で引き取って養育している中学一年の男の子がいるが、この子はテンカン症である。テンカン症の発作が起きないように、医院から化学薬品の薬を調合してもらい、毎日欠かさずにそれを飲ませている。あるいは又、電気冷蔵庫や洗濯機を使っている。もちろん電燈の恩恵も受けている。つまり科学の成果になる電気エネルギーの恩恵を充分に受けている。その他に、薪や木炭と併用しながら、煮炊き用にはプロパンガスを使用している。農業をやって行く上には今やどうしても必要なので、おんぼろながらトラックも一台使用している。

これらのものは、化学肥料や農薬と同じくそれが出現する前にはそれなしで済ませて来たものであるから、化学肥料や農薬と同じく使用すまいと決心すれば使用しなくて済むものではある。化学肥料や農薬を使って農業をしている人達の中にも、出来ることならそういうものを使わないで、いわゆる自然有機農業の方向でやりたいと思っている人はたくさんいると思う。その人達の気持ちと同じように、私の中にも出来得るならば車を棄て、プロパンガスを棄て、電気製品も電燈も棄ててしまいたいという気持ちがある。順子や子供達と分家して、山の中に別に一軒小屋を作り、自分だけでもそういう生活をしたいと思うことがしばしばある。けれども、そういう個人的な欲求はさておいて、一人の人間として、人間社会の一員として思う時、私達は全体として太古へ帰ることなどは許されておらず、この文明の質の転換を試みる以外には方法がないことは明らかである。電気エネルギーというものは原子力エネルギーに比べればずっと良質のものであり、肯定してよいものであると考える。化石燃料としてのプロパンもトラックのガソリンも、使用可能な内は大切に使ってゆくしかない。

私達の現状は、すでに科学技術文明のわく組みの中に深く組み込まれているので、それを完全に拒絶することはここに住む限りは非現実的なことになってしまった。

私の家の畑は、これまでの所は全部合わせて三反（三〇アール）ばかりであるが、すべて山鍬《ぐわ》と平鍬で開いたものである。六年の時間をかけて、少しずつ開いてきて、やっと少しは畑らしいものになってきた。平地の平畑であれば、耕うん機なりトラクターでも借りてきて一週間もすれば開けてしまう面積であるが、歩いて入る以外には入りようのない山そのものや、以前は畑であったがもうすっかり山に還ってしまっていた場所を畑にするのであるから、機械類の使いようがなかった。山鍬を使う前に、まず山鋸《のこ》で木を伐ることから始めねばならず、山鋸で木を伐るためには、鋸の目立てから学ばねばならなかった。何故なら、太い木であればその一本を伐り倒して運搬可能の一メートルほどの長さにさばき終えると、鋸の切れ味はすっかり鈍くなって、鋸とは呼べない代物になってしまうからである。年寄りの山人であれば、一本の山鋸を幅が二、三センチになるほどに目立てを繰り返して使い、これは十五年前から使っているものだと教えてくれるが、私はこの六年間に少なくとも二本の山鋸を使いものにならなくし、三本目の新しい鋸もすでに刃を一本かいでしまっている。鋸の使い方がまず下手であるし、目立ての仕方も下手であるし、何よりも鋸というものを大切にする気持ちが年寄りのそれに比べて半分もない。だから鋸の目立てに上達するためには、鋸を大切にする気持ちから身につける必要があった。鋸しかない時代に鋸を大切にするのは普通のことであるが、チェーンソウが周りでうなっている時代に敢えて手鋸に取り組んでゆくのは、外で見るほど容易なことではない。山に取り組む道具としてチェーンソウを肯定できれば、何の苦労もないのだが、私にはチェーンソウは凶器のように思われてならない。

木を伐り払って、いよいよ山鍬で荒起こしにかかると、面積を広げることを急げばたちまち地獄に堕ちる。木の根かずらの根が地中を縦横無尽に走りまわっていて、一日がかりで一坪つまり畳二枚分も起こすのがやっとだからである。現代文明のスピードからすれば、こんなことは非生産的であることを通りこして愚行とさえ思われかねないが、私に与えられた場はそのような山中の場であり、山鍬で一鍬一鍬起こして行く以外には取りつきようのない所なのである。私は、最近急激に注目されてきたいわゆる適正技術とか中間技術、ソフトパス、等身大技術等と呼ばれる技術の道を、この文明の危機を切りぬけるための最後の道であると考え、強く肯定する者である。

けれども現状にあっては、心情的にも事実としてもまだその適正技術までも追いつけない。せめて耕うん機くらい使う百姓になりたいが、山の道に耕うん機は入らない。

肥料については、四つのものを中心にしている。ひとつは鶏糞である。現在約四十羽の成鶏を飼っており、エサ代が馬鹿にならないが、自家用プラス少々の卵を産んでくれるのと、リンを多量に含む肥料を作ってくれるので、今後もこの程度の鶏は飼い続けるつもりでいる。もうひとつは山羊小屋の堆肥である。山羊は草を食べさせるだけでエサ代は無料の上、乳を出してくれ、結構大量の堆肥も出してくれるのでこれはやめられない。もうひとつは下肥で、これは発酵菌を混ぜて使用している。最後に、畑の周囲に生えているススキその他の草を刈り込んで敷くのは、現在でもこの島の年寄り達は決して忘れていないものである。農薬は一切まかない。

このようにしてこれまでやってきたが、それが唯一のやり方であるとは思っていない。やがて平地の平畑が与えられれば、私も私なりの適正技術を見つけ、そこで百姓であるべく努力をするだろう。けれども今は、山鋸と山鍬、鶏糞や下肥が私にとっての合理性であり、技術であり科学である。

## 二

この章のタイトルとした「腐植質中の無機成分の植物に対する価値」というのは、宮沢賢治が二十二歳で盛岡高等農林学校本科を卒業する際に提出した卒業論文のタイトルである。引き続き引用した文章は、その卒論の結語部分である。賢治は、卒業後そのまま研究生として学校に残り、地質調査や土壌学、肥料学等の勉強を続けた。

ここで賢治の卒業論文などを持ち出してきたのは、他でもない。如来の常住遍在性に比すべきもう一つの普遍性であるはずの科学について、私なりの考察をしてみようと思うからである。最初の章では自然との一体感について述べ、次の章では如来の常住遍在性との一体感について述べて、それを私達の野の道の出発点とした。終わりまで出発点に立っているのかも知れないが、ともかくも出発点とした。私は前二章を書いた時点では、サイエンチストとしての宮沢賢治は無視して、そのまま「春と修羅　第二集」に進むつもりだったのである。

けれども、例えば賢治の草野心平あての手紙には〈自分は詩人としては全然自信がないが一個のサイエンチストとしては、充分に持する所がある〉という意味のことが書かれてあるし、『春と修羅』第一集において特におびただしく出てくる科学用語の群れのこともあるし、童話「グスコーブドリの伝記」のこともあるし、後になって出てくる肥料設計事務所や石灰販売の仕事のこともあるので、一応ここで私なりの取り組みをしておこうと考え直したのである。

思えば、今からわずか六十年か七十年程前の時代、即ち宮沢賢治がまだ生きて呼吸をしていた時代は、幸福な時代であった。その頃はまだ一個のサイエンチストであることを、無条件に誇らしく思える時代であったのだ。E・F・シュマッハーやもう一人の適正技術の提唱者であるイヴァン・イリイチの用語に従えば、その頃は科学はまだ幾分かは人間の「道具」であり得た時代であった。もちろん既に西欧諸国における産業革命は終わり、日露戦争においては機銃が使用され、一将功成って万骨は枯れた後の時代である。当時と現在と、科学のもたらした害毒という点では、あるいはあまり異ならないかも知れない。けれども賢治の時代にはなくて私達の時代には確然とあるものが少なくとも一つだけはある。言うまでもなくそれは核エネルギー及び核兵器である。この三、四十年の間に核兵器を現実にこの世に産み出してしまったという一点において、全科学は、全人類及び全生命に対してこれ以上はない罪を犯したのである。

私達の時代は、科学という言葉は、それが如何に輝かしい衣装をまとって現われたとしても、それが国家権力や資本と手をたずさえてやってくる時には極悪の犯罪者がもたらす恐怖感を伴ってしか眺めることができない。それは科学にとって悲しいことではあるが、そして、このような事態に至ったことを、単に科学者のみの責任に押しつけてよいことではまったくないとしても、科学もそれを担う科学者も、この烙印だけは胸に永久に張りつけておいてもらわねばならぬ。宮沢賢治も「農民芸術概論綱要」の中で「宗教は疲れて近代科学に置換され然も科学は冷く暗い」と認識してはいるけれども、私達の時代にあっては、それは「冷く暗い」だけでは済まされない。科学は様々な点で便利さをもたらし光明をさえもたらしたけれども、それと同時に全生命の死滅の可能性をももたらした二つの顔を持った偽善者なのである。この偽善の前では、如何なる便利さも光明もたちまち青ざめてしまう。現代においては私がたとえ優れた科学者であると自負できたとしても、優れていればいるほど自分を一個のサイエンチストとして懺悔することしか出来ないであろう。

私は昭和十三年の生まれで、広島と長崎に原爆が落とされた夏には国民学校の一年生だった。幼児体験としてもその後の教育体験としても、原爆の恐ろしさを人並みに知ってはいるが、それでいてずっと長い間科学の進歩というものを無邪気に信じ続けてきた。科学の進歩と共に明るい未来が開けることを信じてきた。今でも懐かしく思い出すのは、昭和二十五年だったかにサンフランシスコ・ジャイアンツのチームを引き連れて、オドール監督が日本にやって来た時のことである。

私達都会の少年は、何かのクジで招待されて後楽園球場の内野席に坐り、川上や青田や大下が大リーグの選手と戦うのを息をのんで観戦していた。その時、オドール監督は、サンフランシスコ・ジャイアンツだけでなく、実にコカ・コーラを日本に初めて持ってきたのである。私達少年に一本ずつ配られたコカ・コーラのびんに描かれた、coca colaの横文字の輝きと、紫褐色の発泡する液体の味と匂いとは、それこそまさに戦勝国アメリカの味と匂いであり、科学文明と進歩と繁栄の味と匂いであった。後楽園球場の内野席で飲んだ、あの最初のコカ・コーラの時ほど、未来が光り輝き、幸福であったことが、それまでの私の人生に他にあっただろうか。確かに、同じ年の巨人・南海戦で、九回の裏まで巨人が二対五で敗けていて、九回の裏ツーアウト満塁で、川上がバッターボックスに立ち、中原のドロップを弾丸ライナーで右翼席にぶち込んだ時、ラジオで（テレビはまだなかった）その実況放送を聞いていた私は、狂喜して跳び上がり、町中を有頂点になって走りまわったものだった。その時も確かに幸福ではあった。だがそれはほんの数分間の幸福で、未来をはらんだ幸福ではなかった。けれどもオドール監督のコカ・コーラは、確かに未来をはらんでいた。そのコカ・コーラの味と共に、私達都会の少年は心の底からアメリカに買収されアメリカと和解し、アメリカ文明の未来が同時に私達の未来にもなったのである。

中学校に入ると、アメリカ製の自動車の車種と年式を覚えることに夢中になった。当時の日本はアメリカ車の全盛時代で、私達は街頭に立ち、通り過ぎて行くアメリカ車の一台一台を、あれはキャデラックの何年型だとか、シボレーの何年型だとか、ダッジの何年型、オールズモビールの何年型、マーキュリーの何年型、リンカーンの何年型、クライスラーの何年型、ビュイックの何年型、あるいはまたフォードの何年型かを言い当てた。キャデラックとリンカーンとクライスラーが高級車で、オールズモビルやマーキュリーやビュイックは中級車で、フォードやシボレーやダッジが大衆車であることは、街を行く車の数の多少でそれと知れた。最新型のキャデラックを見た時などは、得意で得意で友達をその場所へ連れて行き、もしかしたらまたそれが帰って来るのではないかと待ったりもした。

アメリカは、科学文明と進歩と繁栄の象徴であり、私達都会の少年はそこに自分達の未来を確かに見ていたのだった。

私にとってアメリカの幻影が消え去ったのは、一九六〇年のいわゆる安保闘争を経てからであり、合理主義科学文明への幻影が完全に消え去ったのは、一九七三年に一年間のインド・ネパールの巡礼の旅を体験してからのことである。

宮沢賢治の「グスコーブドリの伝記」というかなり長編の童話は、科学の進歩をもって農民や市民の困窮を救う感動的な話である。少年の頃の大饑饉で両親に死なれ、妹とも生き別れになったグスコーブドリは、何年間かあちこちでこき使われ、農家の下働きなども勤めたあとで科学者になり、やがてイーハトヴ火山局で仕事をするようになる。ある時、南の方のサンムトリ火山の活動が活発になり、そのまま放っておけばサンムトリ市は噴火によって大被害をこうむる恐れが出てくる。火山局のペンネンナーム技師とブドリは現地に出かけ、火山にボーリングして噴火口を海に向ける工作をする。サンムトリ火山は工作が終わると同時に噴火するが、噴火は北側の市には飛ばず海に向かったので、市民は大惨事をまぬがれる。

ペンネンナーム技師とブドリは、クーボー大博士の計画どおりに、イーハトヴ海岸地帯に二百もの潮汐《ちようせき》発電所を建設したり、ある年には硝酸アンモニアを雨とまぜて空から降らせたりする。硝酸アンモニアというのは窒素肥料である。この頃には、少々の旱魃《かんばつ》ならば人工雨で防ぐことも出来るようになっている。

そうして楽しく仕事を続けている内に、ある年、異常な寒波がやってくる。こぶしの花が咲かなかったり、五月に入って十日間もみぞれが降ったりする。ブドリの両親が、子供達に食べものを与えるために自らは死んで行った年と同じような、あるいはそれを上まわる凶作の予兆である。

ブドリは、沖合いのカルボナード火山島を人工的に爆発させることを考える。カルボナード火山が大爆発すれば、それと共に噴出する炭酸ガスが地球を取り巻く大循環の気流にのって、地上の温度を五度は上げることができるのである。けれどもカルボナード火山を爆発させるためには、一人の人間が島に残って操作をせねばならず、そこから逃げることは出来ない。グスコーブドリはその役目を買って出る。工作は為されて、カルボナード火山はブドリの死と共に噴煙を噴き上げる。三、四日すると気候はぐんぐん暖かくなって、その年の秋はほぼ平年並みの作柄になる。

この「グスコーブドリの伝記」という物語が感動的なのは、農民の困窮と、その困窮に奉仕する科学本来の道具性と、科学者の自己犠牲の精神が見事に物語化されているからであり、科学者としての宮沢賢治の姿勢が、科学そのものにではなく、人間に焦点がしぼられていることが明らかに感じられるからである。

一九一〇年代、あるいは二〇年代において、エネルギー源としての潮汐発電所をすでに二百基も設定していることに、私は驚く。又、最後にカルボナード火山を爆発させるに際しても、人間一人の命が必要であるとする設定は、物語の劇的効果のためだけとは言い切れない思想性を背景にしたものであることが正当に感じられる。それは、人間一人の命をかけても、科学を人間の道具のレベルに保っておかねばならぬとする思想である。自らは安全な場にあるかの如き仮定の上に、核のボタンを押す管理システム社会における科学の方向性は、少なくとも宮沢賢治にあっては目指されてはいない。私の好みからすれば、火山にボーリングをしたり人工肥料を雨とともに降らせたり、人工的に火山を爆発させるようなことは、好きにはなれない。それはどうも科学者の甘い夢のようにしか感じられない。けれどもこの疑問は例えば潮汐発電に託する夢と同じようなもので、ソフトエネルギーならすべてよいとする志向には、それが科学である限りはいちまつの不信がつきまとうのである。

先頃、小学四年生のラーガが夕食の後で、もう何年ぐらいしたら未来都市ができるの？　と質問してきた。私はびっくりして彼女の顔を見たが、ラーガには私がびっくりしているわけが理解できないらしく、もう一度同じ質問を繰り返した。未来都市というものは何百年何千年経っても出来はしないよ、と答えたかったのだが、私にもラーガと同じ年頃に雑誌などで見た未来都市の絵図の思い出があり、子供の夢をむげに打ち砕くような言葉は差しひかえねばならなかった。そこで苦しまぎれに、もう三十年か四十年したら出来るんじゃないの、とありきたりのことを言ってしまった。

未来都市とは何であろうか。そもそも未来とは何であろうか。一人になって考えてみた時に、私にとっては未来都市はもとより、未来というものが全くと言ってよいほどに意味のないものであることを知って、がく然とした。未来、あるいは未来都市という言葉からかろうじて想い浮かぶ光景は、バグワン・シュリ・ラジニーシのサニヤーシン〔修行者の弟子〕であり、私の友人でもあるＰが次に来るものとして語っていたスペースコロニーの時代であるが、それは私にとってはほぼリアリティのない光景でしかなかった。そういう時代が来るのかも知れないが、そういう時代を創るために何かをしたり、それを希望したりする気持ちにはなれなかった。

この地球上に現在でも確かに生きている人達で、未開人とか原始人と呼ばれている人達の間には、「未来」という概念や言葉は存在しておらず、せいぜい明日とかやがて来る秋とかを意味するものしかないことを、『時間の比較社会学』（岩波書店刊）という本の中で真木悠介さんが指摘している。未来という概念や言葉は、私の実感によれば科学と共にやって来るものである。未来とは科学であると言ってよく、科学とは未来であると言ってよい。

十年前に、ヴェナレスのガンジス河のほとりに四十日間ばかり滞在した時のことである。私は毎朝夕にダシューシュワメード・ガードの石段に坐って、沐浴するインド人の群れを眺めたり、ガンガーの流れそのものを眺めたり、眼を閉じて聖なる振動が訪れるのを待ったりしながら時を過ごした。そこにはまさしく悠久の時の流れがあり、唯一最大の時は、昨日でも明日でもなく、ただ、今の悠久としか呼びようのない時の流れであった。

けれどもその風景の中に一つだけ異質なものがあった。それは、はるか上流にぼんやりと架かっている鉄橋であり、時々その鉄橋を渡ってゆく汽車の音であった。その音は、遠いはるかな響きで、決して不快なものではなく、むしろ心地よい文明の音であった。私はヴェナレスに吸収されガンガーに吸収されて、自力ではそこから脱出できかねるような精神状態にあった。私の自分への問いかけが、何故自分はこの悠久の時のままに、この時の中で死を待たないのか、という所まで行ったほどにその場所に吸収されていた。そのような精神状態にあった私に、はるか彼方からかすかに聞こえてくる汽車の音は、ひとつの未来であった。それは文明世界からのメッセージで、私がその汽車に乗りさえすれば、この悠久の時を脱して、時間のある馴染み深い社会に戻ってゆくことが出来ることを示していた。

ネパールに滞在していた時には、同じような感慨が飛行機に対してわいた。スワヤンブナートのお山の下で、たまに空を行く飛行機の姿を見ると、見よ、今日も飛行機の飛ぶ！と詩った明治の詩人石川啄木の気持ちがはっきりと理解できた。

現在この島に私が住んでいるのは、ヴェナレスのガートやスワヤンブーの丘ほど強烈ではないにしても、同質の悠久の時が本質的にこの島には流れているからである。この島で彼の地の汽車や飛行機の役割を果たしているものは、船である。ここに住んでいる私にとって、船とは未来であり科学であるが、その船に乗ってこの島を脱出したいという気持ちは起こらない。

私にはこの島で耕すべき大地があり、山鍬、山鋸、平鍬、大鎌、小鎌、一輪車等々の道具を持っている。その上おんぼろながらトラックだって一台持っている。

生命に奉仕する科学が、有効性を持つことは充分に認めるけれども、科学は生命そのものでもなければ希望そのものでもない。生命と希望の本質は、太古以来変わらずに、太陽と土とからやってくる。

イヴァン・イリイチの言葉に従うならば生命に奉仕する科学とは、共生的《コンビビアル》な道具としての科学ということになる。共生的《コンビビアル》という言葉はよい言葉である。何故なら、私達は誰一人として、その対象が人間であれ自然物であれ、そこから切り離されて一人で生きることなどは希んでいないので、共に生きることとは、生きることの原初の姿であると言えるからである。地球が、宇宙船地球号と呼ばれるようになってすでに十年以上の時間が経つが、この情報社会の中にあっては、共に生きるとは、今ここで家族や部落の人々やそれを包む自然と共に生きることと同時に、この地球上で生きていることをも意味している。

科学はその本性において普遍の合理性を宣言し結実させるものであるから、当然、地球規模で共に生きることが前提として目指されなくてはならない。アメリカ科学やソヴィエト科学、あるいは日本科学というような独善の科学があるとすれば、それはすでに死の科学である。原子力発電の残留物〔放射性廃棄物〕を、南太平洋に棄てるというような結果に終わる科学は、日本科学であり死の科学であることは言をまたない。そしてイリイチも指摘しているように、今日にあっては、ほとんどの道具と同じくほとんどの科学は、共生的《コンビビアル》ではなく、独善的で、人間のためではなく、管理社会や富そのものに役立つ方向に進んでいるとしか思えない。

三

宮沢賢治は「腐植質中ノ無機成分ノ植物ニ対スル価値」と題する卒業論文を書いた。腐植質とは何かというと、その緒論において「腐植質ハ、土壌中動植物質ノ分解ノ途中ニアリテ、普通ハ暗褐色ヲ呈シ、種々ノ無機成分ヲモ含有セル、複雑ナル膠状複合体乃至ハソノ他ノ混合物ナリ」と規定されている。簡単に言えば賢治は、百姓達が腐葉土と呼んだり黒ぼくと呼んでいる、肥えた土の成分である腐植質に目をつけ、その中に実際に肥やしになる無機成分はどの位あるかを調べたわけである。

その結果、腐植質中には普通の土の百倍ものリンサンが含まれているが、それはそのままの形では植物の栄養分にはならない。そのまま永く放置しておいてもそのリンサン分が変化して肥料になることは期待できない。カリ分については、普通の土とほぼ同量が含まれているが、それが植物に吸収されるものかどうかは否定的なものである。そういう結果が出たのである。

これは一見、私達百姓が腐葉土（学問的には腐植質が二十パーセント以上含まれている土を言う）とか黒ぼく土に対して持っている憧憬と反するものであるが、賢治がここで実験した結果立証したのは、腐葉土あるいは黒ぼくの中にはアンモニアとしてのチッソ分は多量に含まれているだろうけども、リンやカリの無機分は他の土に比べて多いわけではない、ということである。実際的見地に立てば、よく肥えていると言われている土地でもリンやカリは不足気味なので、そういう肥料をやることを心がけよ、ということである。

福岡正信さんのような特別の例を除けば、農民は田畑には肥料をやるものであると信じている。作物の葉や茎や根や勢いを見て、どの成分が足りないかを本能的に判断し、ある時はチッソ分を、ある時はカリやリンを加える。農学者に、肥えた畑でも不足分があるから肥料は入れなさいと言われなくても、自分で作物と相談して入れるのである。

この卒業論文を書いた時点で、宮沢賢治には恐らく二つの道が岐れていた。一つの道は、この卒論に沿って言えば、腐植質中に百倍も含まれている無効のリンサン分を、有効なリンサン分に変える方法を研究する道である。その道は、多分共生的《コンビビアル》な科学研究の道でありうまく成功すれば農民は利益を受けるだろう。

実際に、年譜によれば、盛岡高等農林学校の研究生を終えた時点で、賢治は主任教授より助教授として学校に留まるよう推せんされている。賢治はそれを辞退したが、そのことの背後には学究の徒になることを潔《いさぎよ》しとしない、野の人宮沢賢治の感覚が明確に生きていたはずである。大学を、イリイチの言葉に従えば、道具として充分に使いこなせる自信があれば、あるいは賢治も学究の道を歩いたかも知れない。けれども大部分の学究の徒は、大学というシステムを道具として使うのではなくて、大学というシステムの道具として使われてしまう運命にある。その結果は、ずい分昔に聞いた話であるが、次の笑い話のようなことになってしまうのである。

ある大学教授が、農民の集まりに招かれて土壌についての講演をしたそうである。一時間ばかり、土壌の団粒構造とか腐植質とかＮＰＫ〔窒素・リン酸・カリウム〕の三要素とかの基礎的知識について述べ、述べ終わってから何か質問はありませんか、と尋ねたそうである。すると一人の百姓が手を上げて質問に立ち、

「先生は先程からドジョウ、ドジョウとおっしゃいましたが、それはクロドジョウのことでしょうか、ゴマドジョウのことでしょうか」

と尋ねたそうである。百姓は土壌のことを始めから終わりまであのヒゲの生えているドジョッコのことだと思っていたのである。

こんな笑い話を私が今でも覚えているのは、実際に自分が畑をやるようになって、ノウハウを求めて本などを読むと、これに類した著述の多いことはあきれるばかりで、一冊の本を読んでも肝腎なことは何ひとつ判らないのが普通だからである。百姓は、どんな大百姓でも基本的にまず自分のための百姓であり、自分達のための百姓である。農協や農業普及所が介入してきて、ずい分システム化されてしまってはいるが、それでも自分の田畑は自分の田畑であるという気慨まで失ってしまってはいない。大学というシステムの道具になってしまっている一般の

農学者と百姓とが、共生できる部分が極めて少ないのはそのためである。

また横道にそれて行くが、先のイヴァン・イリイチは、「学校は、学習を教育と呼び変えることによって根源的独占の拡大を試みた」と指摘している。これはまさしく当を得た指摘である。中高校生の校内暴力や大学の場の荒廃は、まさしく学習を教育と呼びかえたことに起因している。生徒からは何も学ばない教師が、学校というシステムを背景にして教育に専念していることが、校内暴力と学校の荒廃の最大の原因である。

宮沢賢治は、学究の徒の道を歩かずに、私達にもっと近い道、管理システムがより少ない道を選んだ。このことを宮沢賢治のために、そして私達野の者のためにも、私は大いによかったと思っている。

宮沢賢治は、小学生の頃に先生から「大きくなったら何になるか」と尋ねられて「むやみにえらい人にならなくてもいい」と答えたそうである。又別の機会には同じ質問に対して「お父さんのあとを継いで立派な商人になります」とも答えたそうである。宮沢一族というのは、花巻地方の豪族で、賢治の叔父かに当たる本家筋の宮沢家は、岩手県下でも十本の指に入るほどの資産家だったと言う。賢治の父の宮沢家も分流とは言え、当地における名家であったことは確かであろう。

賢治の父は篤信家で朝夕に浄土真宗のお勤めに励むだけでなく、結縁の士と語らって「我信念講話会」なる会を作り、当時の浄土真宗界に有名であった暁烏敏《あけがらすはや》を招いて、講話会を開いたりもした人であった。十歳の時に賢治は、父に従ってこの暁烏敏の講話を聞きに行っている。

私が思うに、このような父政次郎の姿は、幼い賢治の眼にえらい人と映っていたに違いないのである。けれども前にも指摘したように一方では幼い賢治は、貧しい農民や町の人々がなけなしの品物をかかえて店に入ってきては、父からぎゅうぎゅうとしぼられているのを家の片隅から眺め、身がちぢむほどに悲しい思いをしていたと思うのである。父と家への尊敬と誇りの思いは「お父さんのあとを継いで立派な商人になります」という言葉になり、父と家業への悲しみは「むやみにえらい人にならなくてもいい」という言葉になって現われたはずである。

宮沢賢治の修羅は、この幼年時代に始まっていたと私は推測する。その修羅は、「えらい人」であるかも知れない助教授の地位を辞《しりぞ》けて、結局一人の無名の百姓、詩人、そして信仰者としての宮沢賢治に向けて、曲がりくねりながらも歩き出したのである。

ここで私達がよく見ておかなくてはならないことは、彼は世の中に背を向けていたわけではなく、世の中を恨んでいたわけでもなく、結核という、当時にあっては死病を意味する病気の予兆を身内に持ちながら、ひたすら自分の幸福のために、自分の幸福ということは、自分と共にある人々の幸福のために、その道を歩き始めたのだということである。

# 祀られざるも神には神の身土がある

産業組合青年会

祀られざるも神には神の身土があると
あざけるやうなうつろな声で
さう云ったのはいったい誰だ　席をわたったそれは誰だ
……雪をはらんだつめたい雨が
闇をぴしぴし縫ってゐる……
まことの道は
誰が云ったの行ったの
さういふ風のものでない

祭祀の有無を是非するならば
卑賤の神のその名にさへもふさはぬと
応へたものはいったい何だ　いきまき応へたそれは何だ
……ときどき遠いわだちの跡で
水がかすかにひかるのは
東に畳む夜中の雲の
わづかに青い燐光による……
部落部落の小組合が
ハムをつくり羊毛を織り医薬を頒ち
村ごとのまたその聯合の大きなものが
山地の肩をひととこ砕いて
石灰岩末の幾千車かを
酸えた野原にそゝいだり
ゴムから靴を鋳たりもしよう
……くろく沈んだ並木のはてで
見えるともない遠くの町が

ぼんやり赤い火照りをあげる……
しかもこれら熱誠有為な村々の処士会同の夜半
祀られざるも神には神の身土があると
老いて呟くそれは誰だ

——「春と修羅　第二集」より

## 一

今年は予想されたように空梅雨気味で、湿り気は含んでいるもののうす青く晴れ上がった空から、強い太陽の光が降りそそいでくる。その中空でしきりにホトトギスが啼いている。ホトトギスの啼き声は高く鋭いけれども、この大きな自然の中ではのどかな感じであり、異郷的な響きを感じさせる。うす青い空の何処かで啼いているホトトギスの声を聞いていると、今自分が何処で何をしているのかを忘れさせてしまうような不思議なものがある。それは異次元的といった方が正確なようでさえある。

私は、家の前の陽がいっぱい当たる地面にむしろを広げて、刈り取った麦の穂を一本一本手でちぎって干している。私が子供の頃には、刈り取った麦はそのまま干して、乾燥したら足踏み式の麦こぎ機にかけたものだが、今はそういう道具は姿を消して、多分すべてはコンバインという機械がやっている。

私達一家がこの地に移住してきた頃には、まだあちこちに崩れかかった廃屋が残っており、そこをのぞくと、足踏み式の麦こぎ機やその前の時代の千歯こきまでが、家と同じく半ばは朽ちて放置されているのが見られた。崩れ去り朽ち去って行った道具の時代の後にやってきて、しかもコンバインを持たない身は、市場の法則によって追放された千歯こきや麦こぎ機を入手することが出来ず、何百年もさかのぼった太古の時代のやり方で、麦の穂を一本一本手でもぎとるほかはないのである。

だがこの原始的な作業は、私にはむしろ喜ばしいものである。何反歩もの麦を手でもぎるのなら、それはあまりに非能率的であり、私もなんらかの手を打たざるを得ないだろうが、わずかな畑の、試作と言ってよい程の麦なので、ホトトギスの啼き声を聞きながら気のむくままに麦の穂をもぎ取って行く。

陽をたっぷり含んだ麦の穂は暖かく、その暖かみは、私の胸に静かな幸福感をもたらしてくれる。手でちぎってみると、一本一本の麦には出来不出来があって、よく実の入ったものはしっかりとした手応えがあり、実入りの悪いものは哀れなほどに軽くしぼんでいるのが判る。湿り気を含んでいるとは言え、青空の広がっている太陽からの光はもう強烈である。しかしあたりには不思議な静かさが沈んでいて、暑さというものを感じさせない。尻の下のムシロの感触が、どっしりと地面に直接つながっていて心地よい。

今から十五、六年ほど前に、私達は、長野県の入笠山《にゅうがさやま》という山のふもとに雷赤鴉《かみなりあかがらす》族という名の拠点を開いた。友人とお金を出し合って六百坪ほどの畑地を買い、そこに大きな雷赤鴉族の小屋を造った。何十人もの若者が入れ替わり立ち替わり手伝いに集まってきて、八ヶ岳を眼前に見はるかす静かな山腹に、にわかに人間の花が咲いたようであった。

古電柱を主材にした小屋の骨組みはもう出来上がっていて、内張りをやる大工組と屋根をふく屋根ヤ組の二手に分かれて、毎日せっせと作業に励んでいた。大工組のリーダーはGというサラリーマン上がりの男で、屋根ヤ組のリーダーはTという美術大学を出たばかりの男で、二人共陽気で仕事熱心なところから自然にリーダーと目されるようになったのだった。素人ばかりで、大工にしろ屋根ふきにしろ専門家は一人もいなかった。

私達の目的は、そこに一つの夢の場を作り出すことだった。六十年安保闘争の敗退をきっかけとして、年々厳しくなりつつあった管理社会内の生き方を否定する、新しい生き方の確認の場を作ることであった。私は東京に住んでおり、すでに長男も生まれていて、この作業に全的に没頭することはできなかったが、時間を工面しては国道二十号線をヒッチハイクで下り、小屋作りの作業を手伝いに行った。

その当時、私はすでに三十歳を目前にしていたはずだが、それでもまだ私の前には恐らく二つの道があった。一つの道は文壇的な修行を重ねて、文壇の一角に小なりといえども地位を確保し、小金を蓄えて何処かの山中か海の見える地方の土地を買い、そこに移り住んで自然に回帰するという道であった。もう一つの道は、地位ではなく裸の人間性で土にまみれて生きて行く道であった。その二つの道を確然と意識していたわけではないが、私の運命は当然後者に属しており、前者ではなかった。

入笠山のふもとの雷赤鴉族の小屋作りは、私にとっては、私の運命を歩き出すための具体的な第一歩だった。私はその地で生まれてはじめてホトトギスの啼き声を聞いた。私は屋根ヤ組に入っており、山のあちこちにふんだんに生えているススキやカヤを刈ってくるのが仕事だった。ススキやカヤはふんだんに生えていたが、刈っても刈っても足らなかった。少年時代に疎開先の祖父母の家で手にしたことがあるだけの鎌を握って、汗と喜びにまみれてススキやカヤを刈っている私の耳に、ひっきりなしにホトトギスの啼き声が聞こえていた。中空のどこかで姿は見えぬままに啼くその声は、じつにのどかなものであった。その時にも私は、異郷的というか異次元的というか、魂が遠くへ奪い去られるような茫とした感覚に陥り、あたりを支配する深い沈黙に酔ったようになっていた。

小屋作りの現場では、屋根ヤ組のT達が四十センチもの厚さにススキやカヤを編んでゆきな

がら下の大工組に向かって、

「へっぽこ大工、釘も打てんか！」

と叫んでいた。高い所に居るとどうしても気分がよくなって、下の大工連中をからかいたくなるのだった。ところが下の連中も敗けてはいずに、

「たかが屋根ヤ、何をほざくか」

とやり返していた。「へっぽこ大工」と「たかが屋根ヤ」は合言葉みたいになってしまって、日中の作業の間だけでなく、夜に入ってからも朝食や昼食の時にも、盛んに使われてその都度わっと笑いが起こったり、刺戟し合いながら作業は進んで行った。

その内に大工組のＧが、何処で聞いてきたのかホトトギスは「テッペンカケタカ」と啼くのだという知識を仕入れてきた。そう言われてみると確かにホトトギスは「テッペンカケタカ、テッペンカケタカ」と啼くのである。そして今度は、大工組は屋根ヤ組を冷やかすのにその啼き声をまねするようになった。実際、大工組の速度に比べて屋根ヤ組の進行は幾分遅れ気味で、リーダーのＴは内心では少しあせり始めていた所だった。空でホトトギスが啼くぶんには、いくら啼いてものんびりしたものだったが、人間の声で独得の調子をつけて「テッペンカケタカ、テッペンカケタカ」と冷やかされると、神経に応えるものがあったようで、Ｔはすっかりくさってしまった。

雷赤鴉族の小屋が出来上がった頃、私達東京に住まざるを得ない者や東京が好きでそこに住みたい者達が集まって、東京国分寺の古い大きなアパートを借り切り、そこをエメラルド色のそよ風族の館《やかた》と称していた。いわゆる都市コミューンで、定住者は自分達の個室を持っていたが、その他に来訪者が自由に宿泊できる大部屋を一室用意し、食事は三食とも食堂と呼んだ別の大部屋で全員が集まって食べた。

諏訪之瀬島と入笠山と国分寺の三ヶ所を拠点にして、私達は自分等を「部族」と称し、「部族」というタイトルの二十ページもあるような多色刷りの新聞を発行していた。この新聞の一号は一万部刷ってたちまち売り切れ、二号は三万部刷ってそのほとんどを売り切った。私達の主張を要約すれば、管理社会の内にシステム化されることを拒否し、自己の神性を自覚し、大地に帰るという主として三つの方向性があった。様々なタイプの若者達がこの動きに賛同して、国分寺のエメラルド色のそよ風族の館を訪れてき、入笠山の雷赤鴉族の小屋を訪ねて行った。遠くトカラ列島の諏訪之瀬島を訪ねる者も後を断たなかった。折からのヒッピームーブメントの潮流の中で、多くの西欧人の若者も私達の所へやって来た。

そうした動きの中で、私の胸に突きささった一つのメッセージがあった。それは、ラーマクリシュナの弟子でありその教えの宣布者でもあったヴィヴェーカーナンダという人が、一八九六年にアメリカで行なった講演の中で語った言葉であった。

人間性の光栄を決して忘れるなかれ！　われわれは最も偉大な神である。……キリストやブッダたちは「私はアートマンである」という無限の大洋のひとつの波にすぎない。ブッダやキリストは二流の神にすぎない。第一級の神々は物言わず、無言のうちに、誰にも知られることなく、その無限の大洋の波のひとつとして在り、波のひとつとして大洋に帰っていった。

ある意味では逆説のようにも受け取れるこの言葉は、しかし逆説ではなく真理として私の耳には響いた。ヴィヴェーカーナンダのこの言葉は、一九世紀末当時のアメリカにおいては全く無名であった、師であるラーマクリシュナに光を当てるためのイントロダクションであることは理解できるものの、それとは別にブッダやキリストを敢えて二流の神と言い切った迫力には、すさまじいものがあった。その言葉は私達に第一級の神々を目指すこと、すなわち、無言のうちに誰にも知られることなく「私はアートマンである」という無限の大洋の波のひとつとして在り、波のひとつとして大洋に帰ってゆく、という生き方を敢えて生きて行く勇気と希望を与えてくれたのである。

始まったばかりの「部族」のゆりかごの中では、物言わず誰にも知られることのない神なる大洋の波のひとつとしての神々のイメージは、まさに私自身が私自身に託するイメージであり、私達自身が私達自身に託するイメージであった。

## 二

生前は結局公表されないままに終わったが、宮沢賢治は「春と修羅　第二集」を発刊する準備をし、序文も書き上げていた。序文によれば、この第二集は彼が花巻農学校の教師をしていた四年間の内の、終わりの二年間の手記から集めたものということになっている。賢治の詩集（心象スケッチ集）としては、この他に「春と修羅　第三集」及び「第四集」〔詩稿補遺〕がある。この内第三集は、農学校をやめて「羅須地人協会」を設立した時期以後のものを集めたものであり、第四集は第三集までに収められていない制作年時不明の作品を、死後全集を発行する際に集めて、便宜上つけた名前である。

ともあれ、宮沢賢治はこの第二集と共に一歩農民の中へ足を踏み出したことが明らかである。農民の中へ一歩踏みこんだということは、世界との一体感の中へ一歩踏みこんだということである。盛岡高等農林学校の助教授になれば、それは農民の中へ一歩踏みこんだことにはならないだろう。あるいはまた東京に出て、国柱会の布教師の地位についたとしても農民の中へ一歩踏みこんだことにはならないだろう。あるいはまた父の家業を継いで、店の奥に坐ったとしても農民の中へ一歩踏みこんだことにはならない。賢治が選んだのは岩手県稗貫《ひえぬき》郡立稗貫農学校教諭という職であった。この学校は二年後に県立花巻農学校に昇格するが、賢治が職を得た当時は一年生四十四名、二年生が十八名しかいない出来たてのほやほやの小さな農学校であった。

年譜からすれば『春と修羅』の第一集が書き始められたのは、彼がこの農学校に職を得てからのことであり、その意味ではすでに一歩は踏み出されているのであるが、ここでは必ずしも年譜に忠実である必要はない。『春と修羅』第一集の宮沢賢治は、まだ農民を外に見ている学生あがりの知識をふりかざす宮沢賢治である。第一集にあっては、賢治の関心は主として賢治自身の個我と、分身であるかの如き妹トシと、自然の風景に向けられている。これは私の観点からすれば、一般的な日本近代詩のテーマであり、更には日本現代詩のテーマであって、宮沢賢治が宮沢賢治となる前提条件ではあり得ても、宮沢賢治の道ではない。

「春と修羅　第二集」の序文の終わりに興味深い文章が記されている。

けだしわたくしはいかにもけちなものではありますが
自分の畑も耕せば
冬はあちこちに南京ぶくろをぶらさげた水稲肥料の設計事務所も出して居りまして

おれたちは大いにやらう約束しようなどといふことよりは
も少し下等な仕事で頭がいっぱいなのでございますから
さう申したとて別に何でもありませぬ
北上川が一ぺん氾濫しますると
百万疋の鼠が死ぬのでございますが
その鼠らがみんなやっぱりわたくしみたいな云ひ方を
生きてるうちは毎日いたして居りまするのでございます

この序文が書かれたのは昭和二年のことで、すでに農学校の職を辞して「羅須地人協会」を設立した後のことである。つまり詩が先にあり、詩集が編まれた後で付されたのがこの序文である。

ここで賢治は「わたくしはいかにもけちなものではありますが……」と書き記しており、かつて「注文の多い料理店」の序文で見た「わたしたちは、氷砂糖をほしいくらゐもたないでも……」という一人称複数形の呼称をきっぱりと棄て去っている。百姓（いかにもけちなもの）を見ている者としてではなく、百姓（いかにもけちなもの）の側に身をおいて、百姓として語る時に、敢えて「わたしたちは」という複数形を使う必要がなくなったのである。「わたくし」と呼べば、その「わたくし」は、すでに「わたしたち」を意味するのである。
「わたしたち」と呼んだそのすぐ後に「わたくし」が分立することが賢治の修羅であったとするならば、「わたくし」と呼んだその内に「わたしたち」が含まれているこの場の賢治は、その修羅の終わりに立っているかの如くである。北上川が一度氾濫すれば百万疋の鼠が死ぬという。その百万疋の鼠の内の一疋の鼠として賢治は物を言っているのである。彼が農民の中へ一歩足を踏みこんだと言うのは、具体的にはそういうことであった。けれどもここで彼の修羅が終わったのかと言えば、そんなことは決してない。「わたくしはいかにもけちなものではありますが……」という、いかにもけちなという意識の修羅が、彼の前に待っているのである。

三

デッサンとして言えば、縄文式土器時代には自然採集が生活の基本であり、弥生式土器時代には自然採集と農耕が生活の基本であり、そこでは社会的身分は未分化で、誰でもが等しく採集者であり畑を耕す人であり、「人間」であった。国家という名の文明の出現と共に、この「人間」は土民と土民ではないものに分かたれた。土民とは百姓のことであり、農民のことである。

百姓という呼び名は、ごく一部の新しい精神の光を知った人々を除いては、依然として土民という呼び名と等しく、求めるに値しない灰色の生きものに過ぎない。私個人は、土民という呼び名でさえも、土に生きる人間という意味合いから、そこに懐かしい光を感じる者であるが、社会的身分、即ちステイタスという観点からすれば、農家などは恐らく最下位を争う位置にあり、百姓などは前時代の遺物であり、土民となると一般的にはもうこの世から消え去った歴史上の概念であるということを承知している。

四、五年前に愛知県の渥美半島で「土百姓共働組合」という名乗りを上げた人達がいて、世の中棄てたものじゃないと感じ、その人達にお会いしたこともあったが、そういうことはごく稀なことで、世の中はひとすじに社会的身分の向上へ、即ちステイタスの向上へ、富へ、権力へ、核兵器へという方向で流れているかの如くである。この流れがこの文明の必然の流れであるとすれば、私達一人一人は今こそここで豁然《かつぜん》と立ち止まって、文明や文化は私達人間に奉仕するためにこそあるのであって、私達をその奴隷にするためにあるのではないことを、はっきりと自覚する必要がある。はっきりと自覚した後に、この文明の質の転換をはかるために、ということは私達一人一人の本来の幸福のために、手に触れ得る具体的な何かを始める必要がある。それは例えば無農薬野菜を食べるとか、エコロジー運動に参加するとかの直接行動をも含むだろうけれども、そういう誰の眼にも明らかな行動よりは、まず自分自身の内なる自己の生命に眼を向けることが大切であると思われる。それは少しも義務などではない。それは幸福の第一歩である。幸福への第一歩ではなく、幸福の第一歩である。私達は、私達の幸福を少しずつ積み重ねてゆき、それを何千万何億と重ねてゆき、その幸福の力によって核兵器と戦争を永久にこの世から追放しなくてはならない。

宮沢賢治が踏みこんだ農民の世界というのは、まぎれもない宮沢賢治の幸福の世界であった。そこには自らの手で耕して食べる人間の世界があった。太陽があり、土があった。それは、背を向けてはならず、まして裏切ってはならない世界であるばかりでなく、人間性の原郷であった。

正しく強く生きるといふことは
みんなが銀河全体を
めいめいとして感ずることだ
……蜜蜂のふるひのなかに
滝の青い霧を降らせ
小さな虹をひらめかす
いつともしらぬすもものころの

まなこあかるいひとびとよ……
並木の松の向ふの方で
いきなり白くひるがへるのは
どれか東の山地の尾根だ
（祀られざるも
神には神の身土がある）
ぎざぎざの灰いろの線
（まことの道は
誰が考へ誰が踏んだといふものでない
おのづからなる一つの道があるだけだ）
――「春と修羅　第二集　作品第三一二番」より
〔『宮澤賢治全集』第三巻（筑摩書房、一九五六年）所収〕

これが宮沢賢治の幸福の世界である。幸福？　そう、幸福である。幸福とは、心が楽しく浮き浮きとしていることだけを呼ぶのではない。幸福とは、ある日突然訪れる幸運《ラッキー》な有頂天だけのことではない。幸福とは自分とひとつのものになることである。それは喜びばかりではなく淋しさや苦しさをも等しく含んでいる。自分及び自分が置かれている場の人生に、根本的に同意できることである。これでよいのか、と自己に問う時、これでよいと根本的に自己が答えることである。するとそこに自己があり、自己に他ならない場が現われる。

その場を宮沢賢治は「正しく強く生きるといふことは　みんなが銀河全体を　めいめいとして感ずることだ」と描写し「祀られざるも　神には神の身土がある」と断言し「まことの道は誰が考へ誰が踏んだといふものでない　おのづからなる一つの道があるだけだ」と考察するのである。

この三つの言葉で各々表現されていることの底にあるものは一つのものである。一つの真理を三つの側面から呼び上げたものである。

最初の光は銀河からやってくる。銀河とは、解放されてある万人の己れの姿である。誰でもが銀河を見ることができ、感じることができる。私が見ればそれは私の銀河で、それは私の姿であり本質である。彼が見ればそれは彼の銀河で、それは彼の姿であり本質である。銀河は解放された秩序そのものであり、私達も同時に解放された秩序としての自己であり場である。

次の光は神からやってくる。私達一人一人の本質は神である。私達一人一人は一個の神である。祀られる神もあるだろうが、祀られざる神もある。祀られようと祀られまいと、私達の本質は神であり、神はその身土を持つ。身土とは場のことである。土の上に立った人間の姿を身土と呼ぶのであるから、それこそはまさしく野であり、場である。絶対性を内蔵する絶対相対性原理である。すでに神である以上、祀られる必要はない。

三つ目の光は、道から来る。私達はすべて道にあり、おのづからなる一つの道を歩いているだけである。けれどもその道は、どこにでもあるただの道であると同時に、ただの道ではない。それはまことの道である。まことの道は、誰が考え出したとか誰が踏み歩いたとかの特別の道ではない。おのづから在りおのづから歩く、まことのただの道である。

三つの側面から表現された、その底にある一つの真理とは、万人がその場においてすでに真理であり、そのようであるからには真理であらねばならぬ、とする思想である。

宮沢賢治が踏み入った世界は、いわば存在論の世界であった。太陽の下、土の上で働く百姓の姿に存在の真理を感受し、その感受を自己存在の原郷としてそこに歩み入ったのが、賢治の旅であり道であった。

賢治の眼を世界に向けて開かせたものは、一つには詩を含む芸術であり、一つには科学《サイエンス》であり一つには法華経であったが、彼の胸《ハート》をどこまでも引いて行ったものは存在そのものの姿であった。存在とは懐かしいものである。それは根源的に懐かしいものである。過去として懐かしいのではなく、現在として懐かしいもの、それが存在である。太陽の下、土の上で働く百姓の姿は、賢治にとって根源的に懐かしい永遠の現存、すなわち存在であった。

私がデッサンとして呼んだ、縄文式土器時代や弥生式土器時代もまた懐かしい永遠の現存、すなわち存在である。あえて土民と呼び、自然採集生活と呼ぶものも存在である。百姓、場、野の道と呼ぶものも存在である。存在とは、震えがくるほどに真実な、懐かしい自己の呼び名である。

## 四

太陽の下、土の上で働く百姓の姿の中に、一歩足を踏み入れるとはどういうことであるのだろうか。存在の内に一歩踏みこむとは、どういうことであろうか。

「春と修羅」第二集の真ん中あたりに、三つの意味深い詩が続いているのが見られる。まず始めに前節で引用した「作品第三一二番」、続いてこの章の冒頭に全文を引いた「産業組合青年会」、そして三つ目が「業《ごう》の花びら」という詩である。「業の花びら」には定稿と異稿の二種があるが、ここでは理解を深める目的で異稿の方を引用してみよう。

業の花びら

夜の湿気が風とさびしくいりまじり
松やなぎの林はくろく
空には暗い業の花びらがいっぱいで
わたくしは神々の名を録したことから
はげしく寒くふるへてゐる
ああ誰か来てわたくしに云へ
億の巨匠が並んで生れ
しかも互ひに相犯さない
明るい世界はかならず来ると
　どこかでさぎが鳴いてゐる
　　……遠くでさぎがないてゐる
　　　夜どほし赤い眼を燃して
　　　　つめたい沼に立ち通すのか……
松並木から雫が降り

わづかのさびしい星群が
西で雲から洗はれて
その二っつが
黄いろな芒を結んだり
残りの巨きな草穂の影が
ぼんやり白くうごいたりする

ここに、存在の内に一歩足を踏み入れた宮沢賢治の、喜びではなくはげしく寒く震えている姿がある。「祀られざるも神には神の身土がある」と録し、そこに踏み入った賢治の前に開かれた世界は、神々どころではなく、北上川が一度氾濫すると百万疋の鼠が死ぬという、その百万疋の鼠だったのである。しかも性《たち》の悪いことには、宮沢賢治自身がここではその百万疋の鼠の内の一疋の鼠であった。存在の原風景に足を踏み入れる前であったならば「けらをまとひおれを見るその農夫　ほんたうにおれが見えるのか」と分立することも許されたのであるが、存在の原風景に足を踏み入れてしまった今は、そのような分立は許されない。存在とは、観念ではなくリアリティである。神と見たものが実は鼠であることを感受した時に賢治が立っていた場所は、深い絶望の闇であったに違いない。空にあるものは神々なるヨダカの星でも銀河でもなくて、暗い業《ごう》の花びらであり、地にあるものは寂静印なるマグノリアの花ではなくて松や柳の黒い林であった。その暗闇の中では、湿気と風がさびしくいりまじり、神々の名を録した者は激しく寒く震えているほかなかった。

ああ誰か来てわたくしに云へ
億の巨匠が並んで生れ
しかも互ひに相犯さない
明るい世界はかならず来ると

と叫んで見ても、自己を神と録した者に他から助けが来るものではない。自己を神と録したこと、祀られざるも神には神の身土があるとうかつにも録してしまったことが業《ごう》なのである。
空には銀河が流れ、ヨダカの星が静かに光り、チュンセ童子とポーセ童子の双子の星が夜どおし楽しく笛を吹き明かした世界。地ではマグノリアの花が咲き、黄金《きん》のどんぐりを一升もらって山猫と一緒に馬車に乗ったり、風の又三郎と共に川で泳いだ世界。それらの光あふれる世界は暗転して、ここにいるのは、暗闇の中ではげしく寒く震えている一疋のぬれ鼠としての宮沢賢治である。この湿り気は、結核持ちの彼にはいっそう悪いのである。遠くではサギが啼いている。そのサギは夜どおし赤い眼を燃やして、冷たい沼に立ちつくしているのかも知れない。神々の名を録したそこに鼠を見るとは、鳥のサギならぬ人間の詐欺ではないか——。

一体どうしてこんなことになってしまったのであろうか。万人はその場においてすでに真理であるとする思想は、どこへ行ってしまったのであろうか。

私達はこれから、宮沢賢治と共にその存在の深みへ一歩深く歩みこまなくてはならない。それは他でもない、宮沢賢治の自我についての考察であり、私達自身の自我についての考察である。

宮沢賢治の童話の中には、名品と呼ぶ以外には呼びようのないほど、美しく心を打たれるものが数々あるが「自我」というテーマを扱ったものはほとんどない。「マグノリアの木」はある意味では自我がテーマであるが、自我を通り越した聖所にモチーフがあって、自我は寓話的に滅却されてしまっている。賢治が、自我をテーマとした唯一の童話と言えるものは「土神ときつね」である。詩においては『春と修羅』第一集の、妹トシの死を歌い上げた「無声慟哭」三部作においてこのテーマに直面しているが、ここではそれは置いて「土神ときつね」を取り上げることにする。「土神ときつね」の全文を引用できればよいのだが、それは無理なことなのであらすじをざっと記すほかはない。

それは野原に生えている一本の若く美しい女のかばの木と、その友達である土神ときつねの話である。土神は湿地に住んでいて、乱暴で髪もぼろぼろの木綿糸のようで眼は赤く、ワカメのような着物を着ており、いつもはだしで爪も黒くて長い。けれども正直者ではある。きつねの方は、仕立て下ろしの紺の背広を着て赤皮の靴を鳴らし、ハイネの詩集を手にかばの木に遊びに来ては、女の人が喜びそうな星の話やドイツのツァイス社に注文を出してあるという望遠鏡の話や美学の話などをする。けれどもこのきつねは実は少し嘘つきである。かばの木は土神よりきつねの方が好きである。きつねが遊びに来ると喜ぶが、土神が遊びに行くと困ったような様子になる。土神は自分の嫉妬心を押えつけ、かばの木ときつねが仲よくするのはよいことだと思おうとするが、いやしくも自分は神であるという自尊心が鎌首をもたげて、思うようにはいかない。秋になってようやくこの問題に解決をつけ、かばの木ときつねが仲よく話をするのはいいことなのだということを言いに、かばの木の所へ行く。そして、

「わしはいまなら誰《たれ》のためにでも命をやる。みみずが死ななけぁならんなら、それにもわしはかはってやっていゝのだ。」

と黒いりっぱな眼で言う。

そこへきつねがやってくる。きつねの赤皮の靴を見ると、土神は頭がぐらっとなって、きつ

ねを追いつめてそのほら穴の家の前でしめ殺してしまう。

童話のすじはざっとこのようなものであるが、土神の言葉や考えの幾つかを、次に抜き出して記してみよう。


「狐《きつね》なんぞに神が物を教はるとはいったい何たることだ。えい。」

「おれのこんなに面白くないといふのは第一に狐のためだ。狐のためよりは樺《かば》の木のためだ。狐と樺の木とのためだ。けれども樺の木のほうはおれは怒ってはゐないのだ。樺の木を怒らないためにおれはこんなにつらいのだ。樺の木さへどうでもよければ狐などはなほさらどうでもいゝのだ。おれはいやしいけれどもとにかく神の分際だ。それに狐のことなど気にかけなければならないといふのは情ない。それでも気にかゝるから仕方ない。樺の木のことなどは忘れてしまへ。」

「おれはいやしくも神ぢやないか、一本の樺の木がおれに何のあたひがあると毎日毎日土神は繰り返して自分で自分に教へました。」

「土神は頭の毛をかきむしりながら草をころげまはりました。それから大声で泣きました。その声は時でもない雷のやうに空へ行って野原中へ聞えたのです。土神は泣いて泣いて疲れてあけ方ぼんやり自分の祠《ほこら》に戻りました。」

この物語を、都会風の美と田舎風の美との葛藤と読むことも出来るし、かばの木を中心においた嫉妬の話と読むことも出来る。けれどもこの物語の主題は明らかに自我である。何故なら主人公が土神だからである。自我がテーマでなかったら土神の代わりにたぬきを主人公にすることも出来たであろうし、モモンガやもぐらを登場させることも賢治の技巧をもってすれば出来ないことではなかった。

土神とは何であろうか。それは宮沢賢治が「祀られざるも神には神の身土がある」と言い放った、その祀られざる神の別名である。そして端的に言うならば、その祀られざる神＝土神とは、宮沢賢治自身のことである。

ここの事情をもう少し見るために、「産業組合青年会」をもう一度読み直してみよう。

祀られざるも神には神の身土があると
あざけるようなうつろな声で
さう云ったのはいったい誰だ　席をわたったそれは誰だ

そのように言い、そのように席をわたったのはもちろん宮沢賢治である。ではどうして、あざけるようなうつろな声でしかそれを言えなかったのだろうか。何を対象にあざけるように言ったのであろうか。

ここでもう一度先のきつねを呼び戻さなくてはならない。宮沢賢治は、土神であったと同時にきつねでもあったのである。仕立て下ろしの紺色の背広を着、赤皮の靴をキッキッと鳴らして、ハイネの詩集を片手に、ドイツ国ツァイス社製の望遠鏡について語るきつねとは、更にはエスペラント語で詩を書くほどの理想主義は、少し嘘つきの点も含めて宮沢賢治自身にほかならない。何故なら、賢治の眼の前には、熱誠有為の村々の青年達が一同に会して、生活をかけての徹夜も辞さぬ討論を始めているのである。その生の流れの深さに比べれば、教職にあって給料をもらっている賢治は少しどころか大いなる嘘つきのおしゃれぎつねの類いに過ぎない。賢治の心が、存在の原風景としての百姓に向けられていないのであれば、彼はその会場の一人の参与として、あるいは教師として、堂々と「祀られざるも神には神の身土がある。諸君はその祀られざる神である」と断言することが出来たはずである。けれども彼がそれをあざけるようなうつろな声でしか言えなかったのは、彼の心が真実は教師ではなくて百姓に向かっていたからであり、それ故にその心は、彼が実はきつねであり、眼の前の青年達こそ土神であることを感じ取っていたからである。きつねが土神達に向かって「諸君は土神であれ」と説く空虚を想像してみれば、その空虚さは恐ろしいほどのものであることが判る。

宮沢賢治はそのような空虚の中に立っていたが、それだけではなかった。先にも記したように賢治は、きつねであると同時に土神でもあった。眼の前の本物の貧しい百姓青年達を前にすればきつねである賢治であるが、中央文壇で華々しく活躍しているかに見える「詩人」達に比べれば、彼は一疋の鼠の仲間であり、とりも直さず土神であった。だから彼は、仮空の中央文壇に対してならば「祀られざるも神には神の身土がある」という言葉を堂々と言うことが出来た。だが自分本来の場にあっては、その言葉は死んでいたのである。

しかもなお「祀られざるも神には神の身土がある」という言葉は真理であった。何故なら、神という言葉は真理の表現にほかならず、土神もまた神にほかならないからである。自分の口から出る自分の真理を、あざけるようなうつろな声でしか言えないのは、賢治の中に激しい嘘があるからである。この激しい嘘の自覚が、宮沢賢治の自我であった。

まことの道は
誰が云ったの行ったの
さういふ風のものでない
祭祀の有無を是非するならば
卑賤の神のその名にさへもふさはぬと

応へたものはいったい何だ　いきまき応へたそれは何だ

これは胸が痛くなる六行である。「無声慟哭」三部作の悲痛は、確かに胸を打つ自我の露出ではあるが、その自我は肉体的本能的とも呼べる自我であり、まさに無声慟哭の名にふさわしい。けれどもこの六行は、無声慟哭することすら出来ない屈辱と恥辱の慟哭なのである。友人の誰かに宛てた手紙の中で宮沢賢治は、自分はもう死については何千何万回も考えて、あきてしまった、という意味のことを書いている。結核という死病を体内に持っている賢治には、死は常に遠い先のことではなくて、常に一年先か二年先かという目前にあった。意識的な人間として死を迎え入れるには、真理をもってする以外にはない冷厳な事実を、彼は当然知っていたはずである。

この六行の詩句は、だから賢治が自我の嘘と真《まこと》をかけて立ち向かった言葉による秘密の内面の焼身行の姿である。

# ぎちぎちと鳴る汚い掌

## 春

陽が照って鳥が啼き
あちこちの楢の林も、
けむるとき
ぎちぎちと鳴る　汚い掌を、
おれはこれからもつことになる

――「春と修羅　第三集」より

# 一

もうとっくに五時は過ぎているのに、空はまだ真昼のように明るい。日暮れまでにはまだよほど時間がある。私はゆったりした気持ちで、カライモを植えつけるための畝《うね》作りをしている。最近購入したばかりの平鍬は切れ味がよく、ざっくざっくと気持ちよく土を起こしてくれる。

すでに起こした畝の土の間で、そろそろ二歳半になる末っ子の道人《みちと》がミミズを相手にして黙って遊んでいる。道人は、長さ十センチほどの細い棒切れでミミズをすくい上げるが、ミミズはすぐに体をくねらせて土の上に落ちる。すると道人はまたそれをすくい上げようとする。いやがって逃げようとするミミズをすくい上げるのが楽しいらしく、同じことを何回も何回もくりかえしてはひとりで遊んでいる。

私は時々手を休めて、そんな道人の一人遊びを眺める。野はしんとして何の物音もしない。私はまたざっくざっくと土を起こして行く。時々、前作の掘り残しのじゃがいもが転がり出てくる。小さいけれども色白の新鮮なじゃがいもである。じゃがいもが出てくると私は道人に声をかける。

「ミットくん、ほら」

そう言って道人の前にじゃがいもを投げてやる。すると道人はミミズ遊びを中止して、じゃがいもを拾ってそばに用意してある袋の中に入れる。入れ終わるとまたミミズ遊びに取りかかる。私もまた土起こしを続ける。

私は福岡正信さんのような百姓の達人ではもちろんなく、百姓学校六年生の新米なので、畑は起こさないわけには行かない。土を起こし肥やしを入れ畝を作らないわけには行かない。けれどもその作業は苦痛ではない。最近私は、自分がひとつ進歩したように感じている。どのように進歩したかというと、土起こしに限らずほかの色々の農作業において、急ぐことをやめてしまったのである。百姓仕事まで急いでしなくてはならないのなら、企業の仕事と本質的には同じであり、百姓をするかいがないではないかとまで思ってしまった。ひとつひとつの作業を、ゆっくりしっかりと味わいつつやって行くことが百姓であり、本来の生の流れに溶け合う方途であることが、少し本当に判ってきた。

三年前に借りたその畑には、今年は眼に見えてミミズが増えてきた。三年前に、ススキとカヤの原野に帰っていたその畑を借りて荒起こしをした時は、土は黒土で気持ちのいい土だったが、かちかちでミミズはたまにいるだけだった。それが三年後の今年は、一鍬ごとに一匹か二匹のミミズがいる。それも、小さなもうしわけ程度のミミズではなくて、太いまるまるとしたミミズなのである。

五列ほど掘り起こしたところで、私は野生のグミの藪の蔭で一服することにする。陽はもうずい分傾いてはいるが、それでもやはり日蔭の方が涼しい。タバコ好きの私は、一仕事しては腰を下ろして、一服しながらあたりの景色を眺めるのが何よりの楽しみなのである。

かなり遠くの山すそに、滝がひとつ音もなく落ちている。その滝は先頃の雨で水量を増し、見るからにとうとうと流れ落ちているのだが、風の加減か私が腰を下ろしているその場所までは、音は聞こえてこない。

聞こえない滝の音に耳を澄ませた一瞬、不思議なことに私は、そこいらじゅうで鳴きたてている地虫の低い鳴き声に取り囲まれているのに気がつく。地虫達は突然に地の中から沸き立ったように、ギーンギーンといっせいに鳴き立てたのである。鍬を手にして土を起こしていた時には、あたりはしんとして何の物音もしなかったのに、腰を下ろして滝を眺めていたら、ギーンギーンという地鳴りのような地虫の鳴き声が聴こえてきたのである。けれどもその地虫の鳴き声は、より深い神秘的ともいえるほどの静かさから聴こえてくるものであり、ここでありながらここではない場所に私をつれてゆくものであった。

道人は相変わらずミミズ遊びに熱中している。時々、アッとかエイッとか小さな声を出すが、それは私に向けての無意識の信号のようなもので、私はその信号を「ボクハボクデアソンデイルカラ、オトウサンハオトウサンデアソビナサイ」と受け取るのである。

私はなおしばらく、地虫の鳴き声にとり囲まれたまま遠くの滝の落下を眺める。滝が流れ落ちる様は無言の内の奇蹟である。それは落下でありながら静止である。

「おう」

不意に背後で無遠慮な声がかかる。振り向くと顔見知りの初老の百姓が、鍬をかついで立っている。その人は片眼が少し悪いが、私達が所属している一湊《いっそう》部落の中では、最も百姓好きな人として知られている人である。一湊は漁業を主体とした部落なので、それでなくともさびれつつある農業をかえり見る人は少ないのだが、このTさんは、毎年少しずつながら畑を広げる勢いさえある人である。

「あんじゃがいも畑《ハ》な、わあが《オマエ》と《モノ》やろ」

Tさんは、少し離れた所に私が今年から借りている、もう一枚の畑の方をあごでしゃくってみせる。

「ほん流しの来《こ》らんうちに掘らな、腐れるがよ」

「ですよ。じゃあばっかい《ソレデモ》なかなか手の廻らんじ……」

私は答える。ほん流しとは梅雨のことで、もうとっくに気象庁の梅雨入り宣言は出ているのだが、雨が少ないのを理由に、私は一日延ばしにじゃがいも掘りを延ばしている。それは、植付けが遅かったので、一日でも長く畑において太らせたいからである。

「雨がくえ《レ》ばねっか《ミンナ》腐るっど」

Tさんは言う。Tさんが言っているのは、私の作業手順が間違っているということなのである。私はカライモ畑の畝《うね》作りをしているのだが、Tさんの眼からすれば、それは後まわしにして、まずじゃがいも畑を掘るべきであると注告してくれているのである。ところが私の方は、一日でも長く畑に置きたいのと、今年も空梅雨気味だろうという自分の予想があって、どうもじゃがいも掘りに踏み切れないでいる。そんなこまかい事情を、一湊ことばで説明するのはむつかしいので、私は、

「雨の来らんうちに掘らにゃあ」

と、植え付けが遅かった自分の非を認める。

「じゃっど《ソウダ》、早う掘らにゃあ」

Tさんはうなずいて、歩き出す。肩にかついだTさんのすりへった平鍬が、ぴかぴかに光っているのを私は眺める。百姓の世界では「よく使う鍬は光っている」という言葉があり、それは働きものを讃えることわざなのである。

私の鍬の光は、Tさんの鍬の光に比べて明らかににぶい。それに使い込んだTさんの鍬のすりへり方を見ると、買ったばかりの先程までは満足だった私の鍬が、いかにも六年生の新米の鍬のように思われてくる。私も百姓のはしくれだから、一応は意地を張ってみるが、鍬の光り

具合とすりへり方を見ただけで、小学生であることを自覚させられてしまう。

ゆっくりしっかり百姓をやると言えば聞こえはよいのだが、その実情は、たとえばじゃがいもの植えつけ時期が遅れたことに現われているように、そう簡単には行かない。Tさんなどは、しっかりともゆっくりとも言わないけれども、そのとおりにやっているのである。それは鍬の光り具合、すりへり具合を見ればわかる。歩き方だけを見ていてもわかる。

野の道は深い、と私は思う。それは言葉を越えた所、言葉の届かない所にある。

私は腰を上げ、私の鍬を握って再び土を切りはじめる。あたりには再び沈黙が支配し、土を切るざっくざっくという音だけになる。

## 二

宮沢賢治が花巻農学校の教師をやめて、下根子という地の宮沢家の別宅に独居し「羅須地人協会」を始めたのは、昭和元年、三十歳の年である。賢治の生命はあと七年しか残されていない。この年以降に創作された詩をまとめたものが「春と修羅　第三集」である。この第三集ももちろん彼の生前は出版されていない。「春」と「修羅」は依然として続いている。

春

陽が照って鳥が啼き
あちこちの楢の林も、
けむるとき
ぎちぎちと鳴る　汚い掌を、
おれはこれからもつことになる

これが「春と修羅　第三集」の最初から二番目に置かれている詩である。今は春で、陽が照って鳥が啼き、あちこちの楢の林もけむっている。その風景の中で、ぎちぎちと鳴る汚い掌を、賢治はこれからもつことになったのである。

百姓の掌は、ふしくれ立った太い指を持ち、太陽の光を充分に吸収してはいるが、ぎちぎちと鳴る汚い掌ではない。ぎちぎちと鳴る汚い掌と見たものは、ここでもまた野の一体感に溶けることのできない宮沢賢治の肉体的な自我の影である。この自我の影、つまり一歩踏みこんだ新しい自我が、修羅の主体である。賢治はここでもまた新しい「春と修羅」の正当な主体者である。

前章で記したように「春と修羅　第二集」は、花巻農学校の教師としての後半二年間の作品集であったが、その序文は、昭和二年、つまりこの第三集の「春」という短い詩が書かれた次の年に書かれているわけである。その序文の中に次のような興味深い記述がある。

そこでたゞいまこのぼろぼろに戻って見れば
いさゝか湯漬けのオペラ役者の気もしますが
またなかなかになつかしいので
まづは友人藤原嘉藤治
菊池武雄などの勧めるまゝに
この一巻をもいちどみなさまのお目通りまで捧げます

興味深いのは「たゞいまこのぼろぼろに戻って見れば……」という一行である。

宮沢賢治は、それまでに学生であったり教師ではあったが百姓であったことは一度もなかった。それなのにいつのまにか、ぼろぼろの百姓に「戻って見れば……」という記述をしているのである。あたかも、過去のいつかの日に愛し住んだ土地に、ただいま帰って来たかのような記述をしている。しかしこれは、修辞上のレトリックではない。

宮沢賢治の魂を、ごく幼少の頃からしっかりつかんで離さなかった風景は、野の風景であった。その野の風景の中には、そこに溶けて点在している物言わぬ百姓達の姿があった。岩手山の山容がいかに厳かであろうと、姫神山の姿がいかに優美であろうと、吹き渡る風の色がいかに透明であろうと、また季節季節に咲く山野の花々がいかに美しかろうと、そこに人間の姿が存在しなければその風景は空無である。宮沢賢治にとって、存在する人間の姿とは百姓であった。宮沢賢治は、見る人としてではあったがその風景の中に溶けており、溶けているという原点においては、その百姓達とひとつの者であった。

盛岡中学を卒業した時点で、家業の質屋を継ぐことを拒んで高等農林へ進んだのは、彼の魂が商人ではなく百姓に魅せられていたからであった。高等農林学校を首席で卒業し、研究科に進んで助教授の職に推された時に、家業を継ぐという理由でそれを拒んだのも同じ理由からであった。質屋の店奥に坐って商人の実修をしていた時に、いたたまれなくなって東京の日蓮主義「国柱会」へと出奔したのも、同じ理由からであった。妹トシの危篤の知らせに接して、再び花巻に戻りそのまま花巻農学校の教師についたのも、彼の魂が存在の原風景である百姓に魅せられていたからである。

そして今その農学校を辞し、初めて自分の荒地の開墾に取り組んだ時に、彼の魂は、やっと「たゞいまこのぼろぼろに戻って」きたと感じたのである。けれども本当に戻ってきたその現実は、賢治の運命からすればぼろぼろでありぎちぎちと鳴る汚い掌を持たねばならぬ場所であった。

「羅須地人協会」というのは、賢治が独居自炊生活を送った花巻郊外の宮沢家別宅（この家で妹トシは結核で死んだ）に、賢治自身がつけた呼び名である。長年の願いがかなって、これからいよいよ百姓になろうというのに「羅須地人協会」などという呼び名を導入したのは、依然として百姓をぎちぎちと鳴る汚い掌の持ち主としてしか体験することのできない、宮沢賢治の運命的でもあり個性でもある自我である。それは、私が六年前にこの屋久島の一湊白川山《しらこやま》という廃村に入植してきた時に、そのままさわやかに百姓になればよいものを「白川山自然有機農業研究所」などということを考え出したのと、ほぼ同質の自我である。それは、自分はこれから百姓になるのであるが、百姓にはなり切れないだろうという自信のなさと、百万疋の鼠の内の一匹の鼠としてこの人生を終わるべきではないという自尊心が一体となった、宮沢賢治の自我であり私の自我であった。これを一方で、賢治が持っていた芸術的才能と、農芸化学の知識をもって農民に奉仕するためと考えることは充分に真実であるし、私にしても、自分が東京に持っている自然有機農産物の販売機構を生かすことによって自然有機農業の拡大を計るためとすることも、充分に出来るのであるが、そのたてまえの奥にひそんでいるものが、裸になって対象に没入して行けない自我の本音であることもまた事実である。自我とは、永遠の分立者の別名である。自我さえなければ、百姓にもなれれば教師にもなれる。商人にもなれれば政治家にもなれる。自我さえなければ、何にでもなり切れる。けれども私達人間は、自我のある動物であるので、人間であればあるほど自我であり、分立者として何かの名を呼び立てるのである。
宮沢賢治は、それを「羅須地人協会」と呼んだ。「羅須地人協会」というのは、一人の百姓として畑を開き、種をまき、それを育てる百姓であると同時に、農民の生活の向上を願い、農業指導や肥料の設計もやり、青年達と音楽を合奏し、子供達には童話を読み聞かせたりもすることを目指した、賢治自身と農民のために開かれた場であった。それは、百姓にはなり切れないことを予感しつつも、百姓の世界を共有することを目指した宮沢賢治の個性の、ぎりぎりの晴れの舞台であった。

開墾

野ばらの藪を、
やうやくとってしまったときは
日がかうかうと照ってゐて
そらはがらんと暗かった

おれも太市も忠作も
そのまゝ笹に陥ち込んで、
ぐうぐうぐうぐうねむりたかった
川が一秒九噸《トン》の針を流してゐて
鷺がたくさん東へ飛んだ

――「春と修羅　第三集」より

この詩の中の「おれ」は、宮沢賢治の全詩作品の中で現われた「おれ」の中で、最も健康的で肉体的な、明るい響きのある「おれ」である。この「おれ」はほとんど修羅を脱して、太市や忠作と一緒に笹藪の中に眠りこんでしまいたい「おれ」である。この「おれ」は、一秒間に九トンの重量で流れ下る、針のように鋭く速い川の流れに耐えている「おれ」であり、それは現実において「おれ」の否定としての「おれ」である。だから、太市と忠作が共にそこに居るのである。

宮沢賢治は、終生野の人であり詩人であった。童話「ひかりの素足」の作者であり「水仙月《すいせんづき》の四日」の作者であった。同じく「やまなし」の作者であり「貝の火」の作者であった。「よだかの星」の作者であり「セロ弾きのゴーシュ」の作者であった。「銀河鉄道の夜」の作者であり「ガドルフの百合」の作者であった。けれども宮沢賢治は、賢治の魂そのものが恋慕して止まず、魂そのものの姿であり「存在」でもあったはずの、百姓、にはついになり切れなかった。宮沢賢治は、せいぜい「岩手県農会報」一八八号に報告されてあるという「農界の特志家宮沢賢治君」であり「自己を節するに勇敢で他に奉ずる事に厚いと噂に聞いている宮沢君は世評の如く誠にかざらざる服装で如何にも農民の味方の感があった」と報じられている、農民の友に過ぎなかった。

けれども、ここに引用した「開墾」と題する詩の一瞬にあっては、彼は正真正銘の百姓であった。この一瞬は、宮沢賢治の生涯においてただ一度だけ訪れた、百姓の至福の時であった。だからそこには、太市がおり忠作がいた。そのままそこに倒れこめば、やわらかく抱きとめてくれる大地があった。川が一秒九トンの針を流していて、詐欺と同音の鳥の鷺《さぎ》は東へたくさん飛び去っていた。

三

おれたちはみな農民である　ずゐぶん忙がしく仕事もつらい
もっと明るく生き生きと生活をする道を見付けたい

われらの古い師父たちの中にはさういふ人も応々あった
近代科学の実証と求道者たちの実験とわれらの直観の一致に於て論じたい
世界がぜんたい幸福にならないうちは個人の幸福はあり得ない
自我の意識は個人から集団社会宇宙と次第に進化する
この方向は古い聖者の踏みまた教へた道ではないか
新たな時代は世界が一の意識になり生物となる方向にある
正しく強く生きるとは銀河系を自らの中に意識してこれに応じて行くことである
われらは世界のまことの幸福を索ねよう　求道すでに道である

――「農民芸術概論綱要　序論」

「おれたちはみな農民である」と記した時、先の「開墾」という詩を書いた時と同様、宮沢賢治の中には力強い幸福感があった。それは、教職というカセから解放されていよいよ野に帰った幸福感と、実際に自分の手で自分の畑を開墾し始めた事実に支えられた力強さとが混じり合ったもので、賢治の生涯における唯一の昂揚《こうよう》とした時間であった。

ここには、前章で共に歩いた「はげしく寒くふるへてゐる」賢治の姿は微塵もない。それは彼が、彼の出来得る限りにおいて納得のゆく彼自身の場に立ったからである。その場とはもちろん「羅須地人協会」のことである。
「羅須地人協会」については、先にその内容の概略を記したが、ここにもう一つ興味深い側面がある。それはメモとして残されている「禁治産」と題された一幕ものの演劇の構想である。

禁治産　一幕
ある小ブルジョアの納戸
家長　五十五歳
長男　二十五歳……労働服
母
妹、
妹
長男空想的に農村を救はんとして奉職せる農学校を退き村にて掘立小屋を作り開墾に従ふ
借財によりて労農芸術学校を建てんといふ。
父と争ふ、互に下らず　子つひに去る。

この一幕劇の構想は、後年の病臥中に書かれたものであるから、この章で私達が共に歩いている昂揚期はつとに過ぎ去っている。つまり、振りかえって「羅須地人協会」の頃を、「空想的に農村を救はんとし」たものであると見なしている一方で、「羅須地人協会」の本質を「労農芸術学校」としている点が興味深い。自ら百姓もやるけれども、その本質は労農芸術学校であったとするのが「羅須地人協会」の理解のためには適切であろう。ここでは賢治は、農民の味方と呼ばれる位置よりは、相変わらず農民の教師と呼んだ方が適切な場に立っている。

それはさておき、ここでは賢治の昂揚の内実をもう少し探ってみよう。

私達の旅からすれば、この昂揚は、賢治の内なる「土神」と「きつね」の葛藤に続く旅なのである。この昂揚は一体何処から来たのだろうか。

それは、賢治の内なる「きつね」をぎりぎりの所まで正直に殺し、賢治の内なる「土神」をぎりぎりの所まで高く蘇生させることによって生じてきたものである。別の言葉で言えば「土神」によって象徴される農民に対しては、激しく己れの人間性を自覚し、更には普遍性を自覚することを求める一方で「きつね」によって象徴される都会人に対しては、その虚偽性を激しく徹底して反省することを求めたのである。それは当然、賢治の内なる農民と都会人に対して宣告された戦いであったが、それと同時に現実の農民と現実の都会人に向けられた宣告でもあった。「農民芸術概論綱要」という、宮沢賢治にあっては稀有な散文の数ページは、その宣告の軌跡である。全文を引く必要はないので、その主要部分を共に読んでみることにしよう。

農民芸術の興隆

曾つてわれらの師父たちは乏しいながら可成楽しく生きてゐた
そこには芸術も宗教もあった
いまわれらにはただ労働が　生存があるばかりである
宗教は疲れて近代科学に置換され然も科学は冷く暗い
芸術はいまわれらを離れ然もわびしく堕落した
いま宗教家芸術家とは真善若くは美を独占し販るものである
われらに購ふべき暇もなく　又さるものを必要とせぬ
いまやわれらは新たに正しき道を行き　われらの美をば創らねばならぬ
芸術をもてあの灰色の労働を燃せ
ここにはわれら不断の潔く楽しい創造がある
都人よ　来ってわれらに交れ　世界よ　他意なきわれらを容れよ

## 農民芸術の本質

もとより農民芸術も美を本質とするであらう
われらは新たな美を創る　美学は絶えず移動する
「美」の語さへ滅するまでに　それは果なく拡がるであらう
農民芸術とは宇宙感情の　地人　個性と通ずる具体的なる表現である

## 農民芸術の（諸）主義

四次感覚は静芸術に流動を容る
神秘主義は絶えず新たに起るであらう

## 農民芸術の製作

世界に対する大なる希願をまづ起せ
強く正しく生活せよ　苦難を避けず直進せよ

無意識部から溢れるものでなければ多く無力か詐偽である
髪を長くしコーヒーを呑み空虚に待てる顔つきを見よ
なべての悩みをたきぎと燃やし　なべての心を心とせよ
風とゆききし　雲からエネルギーをとれ

## 農民芸術の産者

職業芸術家は一度亡びねばならぬ
誰人もみな芸術家たる感受をなせ
個性の優れる方面に於て各々止むなき表現をなせ
然もめいめいそのときどきの芸術家である
創作止めば彼はふたたび土に起つ
ここには多くの解放された天才がある
個性の異る幾億の天才も併び立つべく斯て地面も天となる

農民芸術の綜合

……おお朋だちよ　いっしょに正しい力を併せ　われらのすべての田園とわれらのすべての生活を一つの巨きな第四次元の芸術に創りあげようでないか……

まづもろともにかがやく宇宙の微塵となりて無方の空にちらばらう
おお朋だちよ　君は行くべく　やがてはすべて行くであらう

結論

永久の未完成これ完成である

理解を了へばわれらは斯る論をも棄つる
畢竟ここには宮沢賢治一九二六年のその考があるのみである

気がむくままに引いてきて、以上が「綱要」のあらましである。ここで私がつけ加えるものはほとんどないが、一つだけ言わしていただけば、ここに出てくる「農民」という言葉を「人間」と置き換えて読むと、この昂揚はもう一オクターブ深まるだろうということである。

ともあれ宮沢賢治は、この昂揚において「神々の名を録したことから　はげしく寒くふるへてゐる」自己を救出したのである。

## 四

陽が照って鳥が啼き
あちこちの楢の林も、
けむるとき
ぎちぎちと鳴る　汚い掌を、
おれはこれからもつことになる

自分を呼ぶ一人称の代名詞には様々なものがある。方言や外国語まで含めれば、恐らく何十種類を数えるであろう。おれと呼び、俺と呼び、オレと呼び僕と呼びぼくと呼びボクと呼ぶ。わたしと呼びわたくしと呼び私と呼ぶ。あたしと呼んだりわしと呼んだり、あたいと呼んだりもする。我《われ》と呼んだりわいとも呼ぶ。私が幼少の一時期を過ごした山口県の油谷半島では、男は自分をワシと呼んだりオマと呼んでいた。女の人はウチと呼んだりやはりオマと呼んでいた。ここ屋久島では、男女の区別なしに自分をオイとかンノと呼ぶ。

このような様々な呼び名で呼ばれる「私」とは何であろうか。

私というものは、世界の中に存在していて、世界の中から分立する時に初めて現われる自我概念であるから、私と同時に世界が現われ、私の消滅とともに世界は消えると言ってよい。つまり私とは、世界にかかわる相対的な概念である。それで世界が変わると私の呼び名が変わり、私の呼び名が変わると、世界が変わるという関係が生じてくる。

このようなことを想うのは、ほかでもない、私はここで自分に一番親しい一人称を探してみたいと考えるからである。それは、宮沢賢治が農民に近づくときには「おれ」という代名詞をしばしば使用し、農民から離れる時には「わたくし」という代名詞を使用する傾向にあることと無関係ではない。

私が「俺」ないし「おれ」という呼び名に最も親しんだのは、大学生の頃だったと思う。高校、中学の頃にも「俺」ないし「おれ」だったように思うが、明確には思い出せない。山口県の油谷半島に疎開していた、四歳から八歳までの足かけ五年間はもっぱら「オマ」であったらしく、今でも自分を「オマ」と呼ぶと、たちまちその頃の懐かしい風景の中に入って行くことができる。わけても円く背中が曲がった小さな祖母の笑顔が思い出され、懐かしさをとおりすぎて眼頭が熱くなってくる。川井戸で冷やして食べたもぎたてのトマトの、あまりにもおいしかったことまでが思い出されてくる。自分の呼び名と、世界とはほとんど等質のものなのである。

大学生の頃の「俺」ないし「おれ」も、はっきりと意識的に自覚されたものだけに、忘れることの出来ない呼び名である。私にとって、大学生時代の「俺」ないし「おれ」は、世界に対峙することが出来るようになった自我に対する、讃歌でもあり誇りでもある呼び名であった。日常生活のすべてを「俺」ないし「おれ」で通していただけでなく、当時書いていた詩や小説の文体においてさえもそれを使用した。私にとって、私とは「俺」ないし「おれ」であり、世界はそのようなものとして開示されていたのである。思い出してみると、その頃の私は、世界に対してかなり上位に立っていたような気がする。上位に立つということは、逆に打ちひしがれて下位に立つことでもあるが、そういう時にも「俺」ないし「おれ」と呼ぶことによって、自分の位置を絶えず世界の上位に置こうと努力していたように思う。「おれ」が「おいら」になり下がった時は私の敗けで「俺」と決まった時には私の勝利であった。

十年前に一年間のインド・ネパールの巡礼の旅を終えて帰ってきた時に、私の中から「俺」という呼び名は完全に消えてしまった。「おれ」の方はまだ少し残っていて、子供達に対して自分を呼ぶ時に「お父さん」という呼び名と共に時々併用している。順子に対してはほとんど「おれ」である。

友人や知人に対しては、現在ほとんどの自分の呼び名は「僕」である。同じ「僕」でも「ぼ」にアクセントをつける「僕」と、「く」の方にアクセントのある「僕」と二種類あって、前者は公的呼称の色合いが強く、後者は友人用語としての色合いが強いようである。

島の人達とまじわる時には、ときどき「おい」を使うが「おい」が使える時は焼酎に酔っているときが多い。

呼び名は、関係の中で呼ばれる不定の名であるから、どれが善くどれが悪いというものではない。けれども、各々の日本人は自分で自分を呼ぶさまざまな名の中で、最も自分に合った好きな呼び名というものがあるはずである。それは、自分が選ぶ仕事や職業において、最も好ましい仕事や職業があるはずであるのと等しく、自分が選ぶ人生に最も好ましい方向があるはずなのと同じである。これらはすべて自我にかかわるものであり、これらを問うことは如何なる自我の姿が最も好ましく幸福であるかを問うことなのである。

私が正座して背すじを真っ直ぐに伸ばし、私の胸の中で最も呼ばれたがっている名は何であるかを調べてみると、それは「わたくし」という呼び名であることがわかる。私は自分を「わたくし」と呼ぶ時に、心がすっと静かになり、そこにほとんど自我の影が宿されていないことを知る。けれどもそれを「俺」ないし「おれ」で呼ぼうとすると、そういう名では呼ばないでくれと騒ぎだすものがある。

ここで私が提出しようとしていることは、自我の消滅というテーマである。修羅の消滅と言いかえてもよい。それはさらに言葉を変えて言えば、世界を上から見ることでも下から見ることでもなくて、見ることを棄てて世界のままに世界と共に在るというテーマである。自分で自分の名を呼ぶのに、最も好ましい呼び名を尋ねて行って、私の場合にはそこに「わたくし」という名を見出した。私にとって最も好ましい私の呼び名は、私の自我の影がほとんど消滅したかに見える「わたくし」であった。

私の愛するラーマクリシュナは、時々自分を指して「ここ」と呼んだし、クリシュナムルティは晩年の日記の中で、自分を「彼」とか「あなた」という呼び名で呼んでいる。

宮沢賢治は、農民と世界を共有しようとする道の入口に立って、「おれたちはみな農民である」という言葉で始まる「農民芸術概論綱要」を書き、この章で何度も引いた「春」においても、「おれ」という一人称代名詞を使っている。このことは、宮沢賢治が、野の世界百姓の世界を「おれ」という一人称によって象徴される、都市的世界に対して上位に立つ素朴な場であると感受していたことを物語っている。素朴な場という表現に代えて、肉体性の場と言ってもよい。

けれども素朴とか肉体性ということは、自我ないし意識の問題であって、それらは私が呼ぶ野の道、百姓の世界、農村共同体に特有の特質ではないのである。都市においても素朴で肉体的な要素はいくらでもある。のみならず、自我ないし意識という側面からすれば、逆に都市こそ素朴で肉体性にみちみちていると言うことすらできるのである。

宮沢賢治がここでも修羅に立っているという内実は、「わたくし」と呼ばれる宮沢賢治と「おれ」と呼ばれる宮沢賢治の二人が、一人の宮沢賢治の中でいぜん分立してともに光を見ていたということに他ならない。

# 野の師父

## 野の師父

倒れた稲や萱穂の間
白びかりする水をわたって
この雷と雲とのなかに
師父よあなたを訪ねて来れば
あなたは縁に正しく座して
空と原とのけはひをきいてゐられます
日日に日の出と日の入に
小山のやうに草を刈り

冬も手織の麻を着て
七十年が過ぎ去れば
あなたのせなは松より円く
あなたの指はかじかまり
あなたの額は雨や日や
あらゆる辛苦の図式を刻み
あなたの瞳は洞よりうつろ
この野とそらのあらゆる相は
あなたのなかに複本をもち
それらの変化の方向や
その作物への影響は
たとへば風のことばのやうに
あなたののどにつぶやかれます
しかもあなたのおももちの
今日は何たる明るさでせう
豊かな稔りを願へるままに

二千の施肥の設計を終へ
その稲いまやみな穂を抽いて
花をも開くこの日ごろ
四日つゞいた烈しい雨と
今朝からのこの雷雨のために
あちこち倒れもしましたが
なほもし明日或は明後
日をさへ見ればみな起きあがり
恐らく所期の結果も得ます
さうでなければこの村々は
今年もまた暗い冬を再び迎へるのです
この雷と雨との音に
物を云ふことの甲斐なさに
わたくしは黙して立つばかり
松や楊の林には
幾すぢ雲の尾がなびき

幾層のつゝみの水は
灰いろをしてあふれてゐます
しかもあなたのおもものちの
その不安ない明るさは
一昨年の夏ひでりのそらを
見上げたあなたのけはひもなく
わたしはいま自信に満ちて
ふたゝび村をめぐらうとします
わたくしが去らうとして
一瞬あなたの額の上に
不定な雲がうかび出て
ふたゝび明るく晴れるのは
それが何かを推せんとして
恐らく百の種類を数へ
思ひを尽してつひに知り得ぬものではありますが
師父よもしもやそのことが

口耳の学をわづかに修め
鳥のごとくに軽佻な
わたくしに関することでありますならば
師父よあなたの目力をつくし
あなたの聴力のかぎりをもって
わたくしのまなこを正視し
わたくしの呼吸をお聞き下さい
古い白麻の洋服を着て
やぶけた絹張の洋傘はもちながら
尚わたくしは
諸仏菩薩の護念によって
あなたが朝ごと誦せられる
かの法華経の寿量の品を
命をもって守らうとするものであります
それでは師父よ
何たる天鼓の轟きでせう

何たる光の浄化でせう
わたくしは黙して
あなたに別の礼をばします
――――「春と修羅　第三集」より

一

沖縄地方は、平年より二日早く、今日梅雨が明けたという。屋久島の空はまだ、白と灰色と黒い雲がいりまじっていて、これから多分梅雨本番がやってくるところである。けれども沖縄の梅雨が明けたと聞くと、もうすぐそこまで、青緑色の海と豪奢《ごうしゃ》な太陽の夏が始まっているのが感じられて、私の身心にも緊張が高まってくる。それは、青春期の燃えるような憧憬を秘めた緊張感とはおのずから異なるが、太陽と海の季節を待つという点では変わりがない。

倒れた稲や萱穂の間
白びかりする水をわたって

この雷と雲とのなかに
師父よあなたを訪ねて来れば
あなたは縁に正しく座して
空と原とのけはひをきいてゐられます

この「野の師父」と題された詩にたどりついたことによって、私は、世界とは自我の鏡に映じた風景であることを、改めてつくづくと感じずにはいられない。

宮沢賢治の眼に映った風景は、縁側に正座して空や野原の気配に聴き入っている、一人の老いた農夫の姿である。けれども賢治は、この農夫を今では農夫とは呼ばない。この、縁側に座している年老いた人は「師父」と呼ばれる。宮沢賢治をとりかこむ野の世界は、十年前とも五年前とも変わりなくそこにあり、農夫は常に農夫としてそこにあったのに、ここでは突然生身の「師父」として現われてきたのは、いうまでもなく賢治の眼が変わったからである。眼とは、自我の窓である。自我の位相が変わったのである。一人の人間の自我意識が「おれ」ではなくて「わたくし」に位置する時、そこに現われるものは「おれ」の世界ではなく「わたくし」の世界である。「おれ」が見る世界には師父は不在である。それは観念としては存在するだろうが、生身の人間としては存在しない。

宮沢賢治は「羅須地人協会」の実践活動の中で、ひとつの価値観の転換を体験したはずである。その転換は、賢治が一人一人の農夫と裸で接することによって得られたもので、それを私の言葉で言えば「おれ」と呼ばれる自己意識から「わたくし」と呼ばれる自己意識への、生身の転換であった。農家の庭先で行なわれた一日一日の生身の転換であった。

ここでお断りしておかなければならないのは、私が呼ぶ「わたくし」という呼び名は、テレビやラジオのアナウンサー達が自分を呼ぶ「ワタクシ」とは、同じわたくしという発音でありながら、その内実は半分も共有するものがないということである。テレビやラジオのアナウンサー達が、仕事の現場で自らを呼ぶ名の「ワタクシ」は、管理システムないし企業の半ばは道具として発音されるそれであり、いわば空念仏のようなものである。私の野の師の一人であるラーマクリシュナが語られた比喩であるが、オウムは人間の言葉も話すし他の鳥の鳴き声のまねもするが、ひとたび猫に襲われれば本来の「ギャア」という叫び声を放つのである。私が「わたくし」の名で呼ぶものは、管理社会に吸収されて自らを失った「ワタクシ」ではなくて、野の光の中にすっくりと孤独に立っている、声に出して呼ばれることのない「わたくし」、つまり自己のことである。

野の世界は「おれ」という呼び名が支配しているだけの素朴な肉体性の世界ではない。宮沢賢治よりほぼ十年早く、一八八七年に熊本県の豊川村（現在は宇城市松橋町）に生まれた人で、松田喜一翁という人がおられる。この人は書物を書いた人ではなく純粋の農夫であったが、「百姓の五段階」と題する短い言葉が遺されて、私達にまで伝えられている。


一段…金もうけ、生活高め目標の百姓。

二段…百姓の芸術は相手が生き物であり、限りなく深遠である。

三段…山は聳《そび》え、水は清く、葉澄める農村には、月を仰いで生活するだけで、心も溶けるほど幸福を感じる。

四段…大地の声なき声を聴ける百姓になれ。農作物の心が判る者は、天地の御心が判る者。

五段…相手が天と地のお力で営む職業である農業こそ、神仏に近づく途である。農村こそ信仰を得る場所である。

この五根を併せ得た者が真の百姓である。生活だけなら二十姓、四十姓に進め、六十姓に届け、八十姓に昇れ、そして百姓に座せ。


私はこの言葉を、時々取り出しては読んでみるのだが、いつ読んでも胸が熱くなり、かつての日本の農村にはこのように素晴らしい世界があったことを、日本民族の一人として（日本国民の一人としてではない。ネイションステイトは私にあっては半ば過去のものである）誇りに思うと同時に、現在のものとして生きてゆかねばならぬと思うのである。

農村だけが野の世界ではないが、農村にはこのように豊かな美しい世界があり、そしてそこには、その世界を開示してくれる師父が縁側に正座しているのである。

## 二

日日に日の出と日の入に
小山のやうに草を刈り
冬も手織の麻を着て
七十年が過ぎ去れば
あなたのせなは松より円く
あなたの指はかじかまり
あなたの額は雨や日や
あらゆる辛苦の図式を刻み
あなたの瞳は洞よりうつろ

一湊《いっそう》の部落から県道沿いに約二キロ東へ行くと、日出子《ひでご》と呼ばれている遠浅の腐植サンゴの海岸がある。この辺りには人家は一軒もないのだが、海岸のどんづまりの藪の中に今は無人のあばら家がひとつだけある。つい最近までその家には、腰のひどく曲がったおばあさんがひとりで住んでいた。その腰の曲がり方といったら本当にひどくて、頭が地面に向いてしまっているので、杖で体を支えないとそのまま前につんのめってしまいそうであった。だからそのお婆さんはいつでも杖をついているのだった。

一湊の部落から日出子海岸とは反対寄りに四キロほど山の中に入った所に住んでいる私は、そのおばあさんに会う機会は滅多になかったが、三ヶ月に一度か四ヶ月に一度は県道を歩いているその姿を見かけることがあった。お婆さんは海沿いの県道を、一湊側から日出子に向かって歩いているか、日出子側から一湊に向かって歩いているかのどちらかで、いつもひとりでゆっくりゆっくりと歩いていた。杖を持たない方の手に小さい袋のようなものをさげていることもあったし、背中に四、五本のたきぎの束をのせていることもあった。八十歳はとうに越しているようだが、九十歳を越しているかも知れないとも思われた。その姿には、他の人間を完全に遮断した厳しさと老齢からにじみ出る淋しさとがいりまじっていて、私は見かけるたびにある種の感銘を受けた。お婆さんの小さな眼は半分は濁っていて、ものもはっきりとは見えないようであったが、その眼の奥には石のように固い意志がやどっているのが感じられた。

そこを歩いているのは、まぎれもない人間のお婆さんであるが、全体として受ける印象は、人間のお婆さんというよりは屋久島の自然の中からしぼり出された人間を越えた老いの象徴としてのお婆さんという感じであった。このお婆さんの怒りをかえば、それだけで体に火傷を受けそうな厳しさがあったし、万が一愛顧を受ければ、途方もない精神の宝を与えられるような感じがあった。

私は一度はお婆さんに挨拶の言葉をかけてみたい気持ちがしていたが、実際に出会った時にはとてもそんなことは出来なかった。お婆さんの姿は、一歩一歩前へ歩いている姿ではあったが、深い瞑想に沈んでいる僧の姿よりもはるかに深い孤独の中に在り、挨拶のつけ入るような隙はまったくなかった。

町役場に勤めている友人のIさんが、ある時車で通りかかってやはりそのお婆さんに会ったそうである。その時は急に雨が降り出したときだったので、Iさんも思い切って声をかけ、遠慮するお婆さんを無理矢理のように車に押し乗せて、日出子の家の側まで送りとどけたそうである。するとお婆さんは一キロかそこら乗せてもらったお礼として、二、三個の百円玉を怒り狂ったように無理矢理にIさんの背広のポケットに入れて、降りて行ったそうである。

人の噂によれば、そのお婆さんには息子か娘がいて一湊の部落に住んでおり、そんな部落から離れた所に年寄りを一人で住ましておいては世間体も悪いので、何とか一緒に住んでくれないかと頼むのだけど、お婆さんは頑としてそれを承知しないのだそうである。

六年間住んではいるもののやはり他所《よそ》者の私には、もちろんそのお婆さんがどのような経緯で日出子海岸に一人で住むようになったのかは判らない。そういう変わった行為に出たのだから、変わり者であることは確かであろう。けれどもそうした過去のことは別として、海岸沿いの県道を杖を頼りに老いと孤独の光を放ちつつ歩いているお婆さんに出合うと、私はいつもこの人こそ屋久島の祖霊としてのお婆さんだ、と感じてしまう。その姿からにじみ出ている、老齢の淋しさと威厳は、無言の内に、自然の中に在る人間の本来の姿を開示してみせてくれる。人間というものはこんなにも淋しいものなのだと思い、人間というものはこんなにもみじめなものなのだと思い、人間というものはこんなにも威厳のあるものなのだと思うのである。

近頃そのお婆さんに出会わないので、もしかしたらと思っていたら、やはりすでに亡くなったという。それを聞いた時私がすぐに思ったのは「遷化《せんげ》」という言葉であった。お婆さんの肉体を借りてそこに宿っていた屋久島の自然の霊魂が、その肉体を棄ててもとの自然に還ったのだという印象であった。

日出子海岸の藪の中にある家は以前のままで、私はそこを通りかかるたびに、お婆さんが生きて住んでいた時よりいっそうそこにお婆さんがいるような気がして、その家を眺める。その家は県道の下にあるので、上からは屋根だけしか見えない。屋根だけしか見えないが、その家はまだしっかりとそこにある。その家は見るからにあばら家で淋しい家ではあるが、あのお婆さんが住んでいたというだけでひとつの光を持っている。その光は、野が持つ野の光であり、それはまた宮沢賢治の呼ぶ「師父」の光でもある。

三

この野とそらのあらゆる相は
あなたのなかに複本をもち
それらの変化の方向や
その作物への影響は
たとへば風のことばのやうに
あなたののどにつぶやかれます
しかもあなたのおももちの
今日は何たる明るさでせう

私の母方の祖父は、山口県大津郡向津具村（現在は長門市）という所で生まれ、そこで亡くなった人である。根っからの百姓で、村会議員の何期かは勤めた人ではあるが、百姓として亡くなった人である。酒好きで豪儀で同時に繊細な人でもあった。晩年は、助役の家の婚礼の宴に招《よ》ばれた日の夜に二階の階段から落ちたのが原因で、半身不随のような姿であったが、意識は死ぬまではっきりとしていた。祖父は生前から、自分が死んだら葬式の香典を十万円集めてみせると言っていた。当時の十万円は、現在の二、三百万円には相当するはずである。祖父の死の時には、私はすでに東京にいてその死を看とることができなかったが、祖父はいよいよ死ぬという間際になって、苦しい息の中から「十万円稼ぐはあ《ノハ》、えらあで《タイヘンダ》」と言い放ったそうである。

私は戦争中から戦後にかけて、この祖父の元に疎開していた。祖母は私を、それこそ眼に入れても痛くないほどに可愛がってくれたが、祖父もまた祖父なりのぶこつなやり方で大変に可愛がってくれた。祖父は「賢い」という言葉を何よりも大切にしている人であった。他人を見る時に、その人が賢い人であるかどうかによって人間を定めた。賢い人を愛し、賢い人を尊敬した。他者をそのように見るからには、自分自身にもそれを要求し、自らもまた賢い人間であることを目標としていた。祖父が賢い人と言う時は、方言ではあるがそれは「賢人」を意味していた。祖父が亡くなる間際に「十万円稼ぐはあ、えらあで」と言ったことを考えてみる時、祖父が賢人であったかどうかは判らないけれども、少なくとも賢者ではあったと思うのである。

ある夏に、私は祖父と二人で広い縁側に座っていた。その夏は旱《ひでり》の夏で、家のすぐ下にある堤《つつみ》は完全に干上がり、ひび割れた底土が白々と見えているのだった。少年の私にも、もう何日か雨が降らなければ、その年の稲作は潰滅的なものになるだろうということが判っていた。けれども今や空は真っ黒になり、雨が来るのは時間の問題であった。祖父は黙って空を見上げ、最初の雨のひとしずくが落ちてくるのをじっと待っていた。その側で私も息を飲むようにしてそれを待っていた。

やがて最初の一滴二滴が落ちてき、たちまちのうちに雨は沛然《はいぜん》と降りそそいできた。その時の雨の降り方は、ざっときたのでもなくどっときたのでもなく、まさしく沛然と落ちてきたのだった。白い水しぶきをあげて光りながら降る雨を、私はこの世のものと思われぬほどの美しいものとして眺めた。

「雨一升、米一升」

その時祖父が、喜びを嚙みしめるように低く太い声でつぶやいたのを私は聞いた。

「雨一升、米一升」

祖父はもう一度、私に言い聞かせるようにつぶやいてみせた。

四

豊かな稔りを願へるままに
二千の施肥の設計を終へ
その稲いまやみな穂を抽いて
花をも開くこの日ごろ
四日つゞいた烈しい雨と
今朝からのこの雷雨のために
あちこち倒れもしましたが
なほもし明日或は明後
日をさへ見ればみな起きあがり
恐らく所期の結果も得ます
さうでなければこの村々は
今年も暗い冬を再び迎へるのです

「羅須地人協会」の活動分野の一つには、稲作の肥料設計を無料で施行することがあった。現在においても農家の主産物が米であることに変わりはないが、昭和初期の農家にあってはその比重は現在の数倍であり、米作りとは即農家の生命であった。米作りはまさに真剣勝負であった。宮沢賢治が、その年近在の二千戸の農家の稲作肥料の設計をしたということは、大変なことである。

現在の屋久島農協の正組合員は千六百戸内外であるから、言ってみれば島全体の農協加入農家をはるかに越す数を、彼一人で受け持ったということになる。当時の一戸当たりの人口を少な目に七人と見て、ざっと一万四千人、現在の屋久島の総人口に近い人々の生き死にを左右する生活に、彼はただ一人で何の公的機関のバックアップもなしに加担して行ったのである。これは大変なことというよりは、恐ろしいことでさえある。しかもそれは当然のことながら、画一的に何反歩の田に窒素肥料いくらカリ肥料いくらなどとやったのではない。

残されているメモによると、あらかじめ各農家に配布された調査資料には、次の二十三項目から成る質問事項が作成されていた。農業に関係のない読者には退屈かも知れないが、宮沢賢治という人がどういう人であったかを知るために敢えて次にその全文を引用する。

一、そこの反別は　町　反　畝である。但し(一)実測で。

㈡台帳面。
㈢百刈勘定で。

二、場処は　郡　村字　である。

三、そこは㈠河前　㈡中段　㈢高台　㈣沢目である。

四、㈠通しての(a)乾田　(b)湿田である。㈡今年は田の　年目である。

五、村では㈠上田　㈡中田　㈢下田である。

六、水を二寸掛けて置くと㈠　時間　㈡　日ぐらゐ持つ。

七、日は㈠一日いっぱい　㈡一日に　時間だけあたる。

八、㈠南、㈡西　㈢北　㈣東　間ぐらゐ離れたところに㈠家ぐね又は厚い林、㈡まばらな林または並木　㈢高さ　尺間ぐらゐのⓐどて　ⓑ山がある

九、灌水は㈠たいへん冷たい。㈡すこし冷たい。㈢冷たくない。

十、水には㈠下水　㈡鉱毒　㈢赤渋がまじって㈠ゐる。㈡ゐない。

十一、土性は㈠砂がかり、㈡ま土　㈢くろぼく　㈣粘土がかりである。

十二、こゝはいつでも㈠おそなほりする　㈡はやくもてて　あとすがれる　㈢早くもてる。

系統――

十三、昨年の肥料は反当次の通りやって　　日頃田植した。
　厩肥　駄　把　貫
　　月　日頃葉いもちが……できた。
　月　日頃、弓なりに倒れ
　月　日には全く折れて倒れた
　　出穂は　月　日頃であった
　藁は、たいへん、普通に、刈り
　　反に　束ぐらゐ
　玄米は検査米　等　石、斗、青米砕け等　斗、とった。
十四、紫雲英は播いて・ある・ない。
　青草が・生える・生えない。
十五、苗代は一日に　時間ぐらゐ日があたる。
十六、苗代は㈠南　㈡西　㈢北　㈣東に㈠かきね、またはどて、㈡小屋　㈢林　㈣ま
　ばらな木立がある。
十七、苗代は坪へ生籾の勘定で　合　勺播く
十八、苗代へはいままで燐酸や加里を　年間使った。使はない

十九、苗は、とってから大体　時間ぐらゐ後に植ゑる。
二十、今年こゝへは陸羽一三二号、を植ゑる
二十一、この種子は　年前の県の原種である。
二十二、今年はこゝへは反当　円ぐらゐまでは肥料を使はうと思ふ
二十三、安全に八分目の収穫を望む。
三十年一度といふやうな悪い天候や非常に大きな手落さへなければ大丈夫といふところまでやって見たい。

明けてあるところは書き入れ・のあるうちいらないところは消してこんどの稲作のもやうがはっきり見えるやうにこの表をお拵へください。
何べんも何べんもご相談になって直してからお持ちください。

このように綿密な個別調査の上で、一枚一枚の田に対して、厩肥何貫、石灰窒素何貫、大豆粕何貫、硫安何貫、過燐酸何貫、骨粉、硫酸加里、石灰岩抹何貫と肥料の詳細を指示して行ったのである。農民が肥料設計を必要とする時期は一定の決まった時期であるから、その時期には恐らく不眠不休態勢で事に当たったであろう。宮沢賢治という人は、そういう恐ろしいこと

をやった人である。

そして今、その稲がいよいよ花穂をもたげる時が来たのである。けれども四日続きの大雨で、あちこちの田で稲が倒れはじめている。賢治の胸の内はどれほど大きな不安に覆われていたことであろうか。

## 五

この雷と雨との音に
物を云ふことの甲斐なさに
わたくしは黙して立つばかり
松や楊の林には
幾すぢ雲の尾がなびき
幾層のつゝみの水は
灰いろをしてあふれてゐます
しかもあなたのおもももちの
その不安ない明るさは

一昨年の夏ひでりのそらを
見上げたあなたのけはひもなく
わたしはいま自信に満ちて
ふたゝび村をめぐらうとします

盛岡高等農林と花巻農学校とにおいて学んだ全科学知識と経験を傾け、法華信行者としての全情熱を注ぎこんだこの肥料設計ではあったが、その最終的な成否を動かすものは自然である。

この「野の師父」が書かれたのは昭和二年の三月のことであり、年譜によればこの年の東北地方は寒冷多雨の凶作型天候であったとされている。けれども結果的に凶作の記事はないので、不良作程度の出来だったのではなかろうか。続く昭和三年も賢治は肥料設計を行なうが、この年の年譜にははっきりと凶作と書かれている。賢治が心魂を傾けて稲作と取り組んだ二年間は、凶作型天候の年と凶作年の二年間だったのである。昭和三年の八月には彼はとうとう奔走の末に肺炎を起こして倒れてしまう。結核持ちの身体が肺炎を起こすということは、普通の肺炎とはちがうのである。彼は以後再び「羅須地人協会」の活動に戻ることはない。

東北の農民と宮沢賢治を取り囲む自然条件が、このようなものであったのだから、結果的に見れば賢治の全努力は、それに見合うだけの成果は上げ得なかったことになる。

けれども今、この四日続きの大雨の後の雲の切れ目には、雷はとどろいているものの、訪れてきた目前の老農夫の表情は明るいのである。これは一体どういうことであろうか。二千枚の肥料設計を自信を持って行なった賢治が、不安にかられて「物を云ふことの甲斐なさに黙して立つばかり」であるのに、その老農夫は縁側に正座して不安のない明るい表情をしているのである。その差異は、一方は二千枚の稲作に責任を負っている身であり、一方は一個人の稲作にしか気をとめていないという立場の違いから来るものであろうか。

立場の違いはあるにしても、それは決定的なものではない。決定的なものは、一方は科学技術と知識に根を頼っており、一方は自然そのものに根を頼っているという位相の違いにあった。宮沢賢治の生活の根底は法華経に立っていたとしても、その生活の実状は農学校の教師をしていた時も含めて父の経済力に依存しており、更にはその経済力によって身につけた科学知識に依存していた。けれども目前の正座している人は、生活の全部を自然そのものに全面的にゆだねている人なのである。この位相の違いは決定的である。

この違いが明確に認識された時に、宮沢賢治の胸の中に、百姓に対する「わたくし」がはじめて朝の露のように生まれ出たのである。

わたくしは黙して立つばかり

この一行は貴重である。この一行において宮沢賢治は、野の深淵に触れていたのである。数ある中で私が最も好きな賢治の童話は「ひかりの素足」であるが、その童話の中のクライマックスは、吹雪に巻かれて死んだ幼い楢夫という男の子の霊が、地獄をさまよった挙句にとうとう「にょらいじゅりゃうぼん」とつぶやくと、白く光る素足の立派な大きな人が現われるシーンである。私はこれまで何年かの間を置いて思い出したように、繰りかえしこの童話を読むが、このシーンまでくると常に背中がぞくっとし、次には眼から涙がこぼれる。

白く光る素足をもった大きな立派な人を、天界あるいは地獄に見るのではなくて、この人間の事実の世界に見ることが宮沢賢治の願いであったとすれば、彼は今そこにその人を見たのである。その人はただの老いた農民であった。四日続いた雨くらいではびくともしない苦しみ多い野の師父であった。

六

わたくしが去らうとして
一瞬あなたの額の上に

不定な雲がうかび出て
ふたゝび明るく晴れるのは
それが何かを推せんとして
恐らく百の種類を数へ
思ひを尽してつひに知り得ぬものではありますが
師父よもしもやそのことが
口耳の学をわづかに修め
鳥のごとくに軽佻な
わたくしに関することでありますならば
師父よあなたの目力をつくし
あなたの聴力のかぎりをもって
わたくしのまなこを正視し
わたくしの呼吸をお聞き下さい
古い白麻の洋服を着て
やぶけた絹張の洋傘はもちながら
尚わたくしは

諸仏菩薩の護念によって
あなたが朝ごと誦せられる
かの法華経の寿量の品を
命をもって守らうとするものであります
それでは師父よ
何たる天鼓の轟きでせう
何たる光の浄化でせう
わたくしは黙して
あなたに別の礼をばします

この一節において、この詩において、宮沢賢治の対農民の修羅は終わる。「春と修羅　第三集」の詩は、この「野の師父」以後にも数多く続いているし、農民を憎み、自らの詩人を憎む話もいくつもあるけれども、その内実においてはこの「野の師父」のこの最終節をもって終わるのである。

この終わりの始まりは、ひとりの「わたくし」として礼をし、去ろうとしてふと見上げた農夫の額に、賢治が見てしまった「不定の雲」である。賢治はその「不定の雲」の本質が何であるかを稲妻のような速さで考える。彼は、それまでの彼の生涯において獲得してきた全知識と全信念を傾けた果てに、一人の裸の弱い人間として、その農夫の前に立っている。彼にはもはや捧げるべき何も残っていないのである。それなのにその老農夫の額に、一瞬「不定の雲」が走ったのはどういうことであろうか。自分にまだ何かの落度があるのであろうか。

興味深いのは宮沢賢治が、一瞬の内に、百もの種類のその原因を思い浮かべていることである。人が死を目前にした時には、一瞬の内に自分の生涯のあらゆる光景を想い浮かべるものであると言われているが、ほぼそれに近い精神の緊張が、この一瞬に賢治の脳裡を疾駆する。

口耳の学をわづかに修め
鳥のごとくに軽佻な

という二行、

古い白麻の洋服を着て
やぶけた絹張の洋傘はもちながら

という二行が、この時賢治の脳裡を疾駆した、宮沢賢治自身の対農民に関する自己反省の集大成である。学問を修めてしまったという負い目と、白麻の洋服を着洋傘《こうもり》を持っているという負い目の二つ、それを負い目と観じる宮沢賢治の自我が、ここで稲妻のように脳裡をまたもや走るのである。けれどもすでに「わたくし」として消滅してしまった賢治の自我にあっては、この負い目は負い目としての棘を自らに刺すことはできない。

目の前にいる老農夫と宮沢賢治とでは、一方が手織の麻を着て一方が古い白麻の洋服を着ており、一方が自然から学んだ自然の知識を身につけ、一方は学校で学んだ知識を身につけたもののの違いはあるが、その違いはそれを分別する自我さえ消滅してしまえば何の棘にもなり得ないのである。それはいわばお互いの顔が異なるのと同じであり、さらに一歩つきつめたとしても、せいぜいそれぞれの運命の相違でしかあり得ない。

けれども、その老農夫の額に浮かんだ一瞬の不定の雲は、宮沢賢治の修羅の旅の終わりに臨んで、賢治の胸を鋭くかすめた最後の鬼火のような不定の雲であった。この雲は必ず払わねばならない。

わたくしに関することでありますならば
師父よあなたの目力をつくし

あなたの聴力のかぎりをもって
わたくしのまなこを正視し
わたくしの呼吸をお聞き下さい

この五行には、先に二千枚の肥料設計をした時の意味とは別の意味での、宮沢賢治の全生涯がかかっている。すでに見てきたように、宮沢賢治の存在の原風景には、野に点在する者としての農民の姿があり、その風景を追って追ってきて、今、彼はここに立っているのである。このまま「不定の雲」を残して去ることは、彼の全生涯の敗北を意味することになる。彼は一歩も退くことは出来ない。退くことが出来ないとすれば、進むしかない。この五行は、宮沢賢治が最初で最後に為した、自己の原風景としての農夫と直接に闘わした裸の真剣勝負であった。けれどもこれは、もちろん世の普通の勝ち負けごとではない。昔の禅堂の奥所において、師家《しいけ》とそれを相承する弟子との間に交わされる裸のぶつかり合いに比較される態《てい》の、原存在における秘密裡の風景なのである。

ここで私が思い出すのは、十年前にカルカッタ郊外のドッキネーショル寺院を訪れた時のことである。その寺院は、ラーマクリシュナが生涯を送ったことで知られている寺院で、私がインド・ネパール巡礼の旅に出たのは、仏教の四大聖地を巡ることやヒマラヤを拝することと共に、その寺院を訪れることが最大の目的であった。

ドッキネーショル寺院には、ラーマクリシュナがまだ生きて呼吸をしておられた時分に使用していた小部屋が、そのままの姿で保たれてあった。飛行機でカルカッタに着いた私達にとっては、このドッキネーショル寺院のラーマクリシュナの部屋を訪れることは、インドに於ける最初の聖所の巡礼であった。

ラーマクリシュナという人は、「あなたは神をごらんになりましたか」という弟子の質問に対して「私は神を見ました。今私が貴方を見ているのと同じように、いやそれよりももっと強烈に神を見ました」と答えた人であり、「どうすれば神を見れるのですか」という質問に対して「神を求めて泣きなさい。昼も夜もひたすら神を求めて泣きなさい。そうすれば神を見ることが出来るだろう」と答えた人である。

私のこれまでの人生は、このラーマクリシュナの言葉に出会ったことで方向づけられ、十年前にはその方向づけは熱狂とも言える形で進行している時期であったから、ドッキネーショル寺院のラーマクリシュナの居室の前に立った時の興奮は、今思い出しても胸が高鳴るほどのものであった。私の内なる近代理性は、慣性としては残っていたものの、価値としてはすでに過去のものとなっており、それに代わるものとして、自己の内なる神性への目覚め、それを導いてくれた師としてのラーマクリシュナへの熱烈な愛があった。宮沢賢治の旅に比較するならば、世界における大都市としての欧米や日本の文明社会（それを支える原理は、ニュートン的機械的宇宙論でありデカルトやスミスの近代理性論である）、及び、もうひとつの大都市としてのソヴィエト文明圏にはっきりと背を向けて、裸と裸足の世界であり大農村社会であるインドの内に、ひとりの師父を見出して、私はその時、不安に満ちながらも激しい喜びにも満たされて、そこに立っていたのであった。

小室の前では、数人の白色のサリーをまとったインド人の女の人達が静かにラーマクリシュナの讃歌を合唱していた。とても暑い日で、同行した順子は日射病か貧血かで、お寺の石ダタミの上に倒れてしまったほどだった。直射日光の下からその建物のひさしの下に入って行くと、気持ちがしんとする程に涼しかった。私は女の人達に会釈をして扉を開き、一人で部屋の中に入って行った。部屋の中には白いシーツで覆われたベッドが一つと枕、壁にラーマクリシュナの額入りの写真が飾ってあるだけで、その他には何もなかった。私のほかに入室者もいなかった。私は興奮に震えながら床に腰を下ろし、半跏に足を組んでしばらくの間ラーマクリシュナの写真を凝視《みつ》めた。それから眼を閉じて、自分がはるばる日本からその部屋を訪れるべくやって来たことを告げ、祝福を与えて下さるよう乞うた。

その時点からすでに八十五年以前に肉体を去られたラーマクリシュナであったから、かつてその部屋に充満していた烈しい神への熱愛《バクティ》の気はうすらいではいたが、それでも私の脳裡にはその部屋で師と弟子達との間で交わされた胸の震えるような会話のシーンが次々に思い起こされて、あたかもシュリ・ラーマクリシュナが、その場の静かな空気として呼吸しておられるような感慨があった。

しばらくして退室しようとして、ふとベッドの上に眼をやると、そこに入室した時はたしかなかったはずの一輪のカーネーションの花が置かれてあった。その花を見た時、私は瞬間的にこれはラーマクリシュナが私に下さった祝福であると直感したが、それと同時に、その花は誰か信仰深い人がラーマクリシュナに捧げたものであり、私に与えられたものではないことも了解された。それを戴いて行ったのでは私は泥棒になる。

私はラーマクリシュナの額入りの写真を、もう一度しっかりと凝視《みつ》めて尋ねた。

「この花を戴いてよろしいのですか」

深いサマーディ〔精神統一の状態〕に入ったままのラーマクリシュナは、黙ってあらぬ宙の彼方を見ておられるままだった。その沈黙は、

「お前の心に嘘がないのなら、尋ねるまでもなかろう」

と私には聞こえた。私は一瞬うろたえた。興味本位のツーリストとしてではなく、一人の巡礼者として熱愛者として、心の底ではひそかに死さえも決意して訪れたドッキネーショル寺院ではあったが、そのように尋ねられると、うろたえずにはおれないものがあった。

私はもう一度ラーマクリシュナの写真に見入り、私の心に見入った。するとそこに、極めて不完全な者としての、汚れたものとしてのはずかしい姿の私があった。

「わたくしはあなたをとてもとても愛しておりますが、不完全で汚れたものであることもたしかです。このようなわたくしですが、祝福を戴ければ幸いです」

するとラーマクリシュナの、

「お前は自分を不完全なものとも汚れたものとも見なしてはいけない。ただお前の愛《バクティ》を深めることだけを思え」

と言われた言葉が自然に想い出されてきた。

私は写真を凝視め、眼をつぶり合掌して挨拶をした。大きな暖かい手がかすかに私の頭部に触れるような感覚があった。涙が流れた。

私はもっともっとその部屋に居たい気持ちであったが、何故かもう行くべきであるという声がしていた。両手でベッドの上の花をすくい取り、額に戴いてから大切にノートの間にはさみ、扉を開けて表に出た。そこでは先刻と変わらず、純白のサリーをまとった数人の女の人達が、ラーマクリシュナの讃歌を歌い続けていた。この体験は、私のインドの聖所での最初の体験であり、融合と呼べるようなものではとてもないが、扉の外から礼拝したのではなく、入室してベッドに触れたという点では、それは私にとっての真剣勝負であり、新しい世界への第一歩であった。

尚わたくしは
諸仏菩薩の護念によって
あなたが朝ごと誦せられる
かの法華経の寿量の品を
命をもって守らうとするものであります

宮沢賢治が法華経を唱える時は、宮沢賢治の自我が法華経に吸収され溶解する時である。かつて『春と修羅』第一集において「けらをまとひおれを見るその農夫　ほんたうにおれが見えるのか」と叫んだ時の、その本当のおれとは法華経を信受したおれであった。そのおれは、同時におまえでもある筈のおれであった。けれども二人の距離はその時あまりにも遠かった。何故なら、賢治はその時おれの底にだけ法華経を見ており、相手の底に法華経を見てはいなかったからである。

今、宮沢賢治が、縁に正座している年老いた農夫の内に見るものは、賢治が信受した法華経であると同時に、その人が信受している法華経である。普遍真理としての法華経である。それをつきつめて言えば、その人が実際には毎朝誦《ず》しているのが浄土真宗の正信偈であろうと、般若心経であろうと、あるいは何も唱えていなかったとしてもそんなことは委細構わないのである。一人の人間が真実に生きていること、それが法華経の名で賢治が信受したものであり、その真実において賢治は、目前の老いた農夫と溶け合うことが出来たのである。この溶解が、宮沢賢治の対農民の修羅の終わりである。

何たる天鼓の轟きでせう
何たる光の浄化でせう
わたくしは黙して
あなたに別の礼をばします

ここには近代理性としての自我の旅を終えた人の、さわやかな風景がある。年譜からすれば、「羅須地人協会」の活動はもう一年半ほど続くのであるが、私としてはここでは年譜は別において、宮沢賢治と共にこの「野の師父」に別れを告げよう。この別れは普通の別れではない。何故なら宮沢賢治はもう二度と「羅須地人協会」には帰って来ないのだし、存在の原風景としての農民にこれ以上に溶け込むこともなかったからである。

# 玄米四合

十一月三日

雨ニモマケズ
風ニモマケズ
雪ニモ夏ノ暑サニモマケヌ
丈夫ナカラダヲモチ
慾ハナク
決シテ瞋ラズ
イツモシヅカニワラッテヰル
一日ニ玄米四合ト

味噌ト少シノ野菜ヲタベ
アラユルコトヲ
ジブンヲカンヂャウニ入レズニ
ヨクミキキシワカリ
ソシテワスレズ
野原ノ松ノ林ノ蔭ノ
小サナ萓ブキノ小屋ニヰテ
東ニ病気ノコドモアレバ
行ッテ看病シテヤリ
西ニツカレタ母アレバ
行ッテソノ稲ノ束ヲ負ヒ
南ニ死ニサウナ人アレバ
行ッテコハガラナクテモイヽトイヒ
北ニケンクヮヤソショウガアレバ
ツマラナイカラヤメロトイヒ
ヒデリノトキハナミダヲナガシ

サムサノナツハオロオロアルキ
ミンナニデクノボートヨバレ
ホメラレモセズ
クニモサレズ
サウイフモノニ
ワタシハナリタイ

一

いよいよ梅雨が本番になって、この四、五日強い雨が降りつづいている。暗い灰色の空から、雨はとうとうと降ってきて、遠い山の輪郭は雨と雲の灰色に溶けて消え、近い山の輪郭だけがぼうと暗緑色の影絵のように見える。今年もやはり洪水が起こり、加世田市〔現南さつま市〕の方では人が死に、たくさんの家が潰れたり水に浸ったりしたと言う。

私達の部落の真ん中を流れる大きな谷川の白川《しらかわ》もすっかり水量を増し、濁流となってごうごうと轟きながら流れ下っている。私の家のすぐ裏を流れる小さな谷川も、いつもの歌うような囁くような音ではなくて、荒々しい流れとなって流れ下っている。

天からは終日とうとうと雨が降りつづき、地では白川の轟きにたくさんの小さな谷川や沢の飛び跳ねる音が交じり合って、私達はさながら水の底の郷《くに》に住んでいるような感じになってくる。

一度は廃村になったこの部落の先住者達が植え残して行った、大輪のアジサイの花が今が盛りで、あちこちの道すじに美しい静かな花を咲かせている。私の家の裏では、六年前に挿し木をした二本のクチナシが、今では二つの大きな株になって、純白の眼に沁みるような花をたくさんつけている。実際、毎年この季節になると感じるのだが、クチナシの花の白さというものはただの純白というようなものではない。それは見れば見るほど異様なまでの白さで、花びらの確かな質感といい、高い芳香といい、観音様が私達の貧しく悲しみの多い生活にさずけられた、慈悲の白光であるかと思わずにはいられない。その高く甘い香りは、昼も夜も家の中にまで流れこみ、この季節が水の底に住む季節であるとともに、クチナシの花の季節でもあることを知らせてくれる。

隣りの隣りの永田部落に住み、無名の観音道場を開いているJが、今度オーストラリアの女性で、合気道の勉強で鹿児島市に滞在していたLと結婚することになり、上屋久町の役場に婚姻届を出して来た夜に、私の家を二人で訪ねてくれた。

私は合気道というのは未知の世界であるので、どういう経緯で日本人の間でさえ人気が高いとは言えない合気道に興味を持ち、なおかつそれを習得しようという気になったのかを、尋ねてみた。彼女が答えて言うには、オーストラリアでスイス人の教師からクンダリーニ・ヨガを習い、中国人の教師から鍼《はり》と灸《きゅう》を習ったけども、それでは物足りなくて日本に来て、何故か合気道を習うことになったのだそうである。それでは、あなたがこれまで学んだ合気道とはひと言でいうと何だろうか、と再び尋ねると、Ｌはしばらく考えていたが、

「メイビー・ザ・ウェイ・オブ・ラブ（きっと、愛の道でしょう）」

と答えた。

合気道について私は無知であるが、私は日本人であるから、それについてのおおよその感受はある。合気道とは気を合わす道のことで、相手の気に自分の気を合わせることによって、逆にこちらの気に吸収する武道であろうと考えていた。

それを彼女は、

「ザ・ウェイ・オブ・ラブ」

と表現したのである。

その時、裏庭に向けて開け放たれていた戸口から、新しく高いクチナシの香りが流れこんできたので、私は婚姻の手続き完了のお祝いに、ＪとＬにその枝を切り取ってプレゼントすることにした。三枝を切って、紙にくるんで、彼女に「コングラチュレイション」と言って手渡す

と、彼女はにこっと笑って黙ったままそれを受け取ると、鼻に近づけてそっと匂いを吸いこんでみた。

それからクチナシの英語名は何かということに話題が移り、和英辞典を出して調べてみると、それはジャスミン科の花でガーデニアと呼ぶことが判った。その呼び名を教えるとLは、はっきりと思い出した何かがあったらしく、

「アイ・ノウ・ジス・フラウア。ガーディーニア！」

と低いけれども強い声でつぶやいた。合気道が愛の道であるならば、このクチナシの花はその合気道にふさわしい花であるのかも知れない。

クチナシのほかに、今のこの水底の季節には、甘茶の花が咲いている。甘茶はアジサイ科の植物で、私がこの島に入植する時に持ちこんだものであるが、今では挿し木に挿し木を重ねて、私の家の周囲だけでも十株とはいわず増えている。甘茶の花はアジサイの五分の一くらいの大きさで、アジサイの花よりも遙かに繊細でしっとりとした趣《おもむき》の花である。私は以前に、この甘茶の花の深い美しさにラーマクリシュナの名を呼んだことがあるが、今年はその花はわずかしか咲いていない。昨年の秋に、葉を甘茶にするためにすっかり刈ってしまったせいである。

甘茶の花のほかに、この島でメメバナと呼ばれる野生のムラサキシキブの淡いピンク色の花が咲き始めている。それと、この島でゲンコツ花とかカッタバナと呼ばれている、やはり野生

のヒメヒオウギスイセンの、濃い橙色《だいだい》の花が咲き始めている。雨の中で咲いているこれらの野の花々は、いずれもしっとりと深く静かで、私に深く静かに生きることを教示してくれる。

この水底の季節にあって、私は、今では私の愛の直接の対象となったさまざまな花を眺めながら、宮沢賢治という淋しく厳しい、死を二年後に控えている人のもとへ帰って行かねばならない。

## 二

宮沢賢治は、法華経を唱えつつ死への道を歩いている。

昭和三年の夏に「羅須地人協会」の活動の中で発病して以来、賢治は父母の家に戻ってそこで療養をつづけた。昭和四年はずっと病床にある。昭和五年の九月になって体力を回復し、東北砕石工場という石灰販売会社の仕事に協力することになる。宮沢家では賢治の新しい仕事には出資もすることになり、昭和六年に東北砕石工場花巻営業所が設置され、賢治はここの責任者となる。東北砕石工場というのは、石灰岩を砕いて粉末にし、それを肥料に加工して販売することを業務とする会社である。宮沢賢治は、学生の頃から地質調査などを専門とし、日本の全般的な酸性土壌に石灰の肥効が高いことをよく知っていたから、この仕事は事業として成功する見込みがあると同時に、農民にとって大いに有益なものであると考えたに違いない。昭和六年の春から秋にかけて、賢治はこの肥料の販売に、岩手県下は元より秋田、宮城、東京にまで奔走するが、九月に上京した際に旅館で再び発病して、以後昭和八年九月二十一日に永眠するまで病床に臥すことになる。

「野の師父」が書かれた昭和二年以後を年譜によってたどると、ざっと以上のようになる。年譜をたどって行く中で気づくことは「羅須地人協会」などという非実業的な仕事に対しては、禁治産処分も辞さぬ構えで非協力的だった父が、東北砕石工場花巻営業所、という実業の世界に対しては積極的に融資も行ない、協力を惜しまなかった様子であることである。宮沢賢治の文学世界からすれば、何の意味もないようなこの出来事に私が興味を持つのは、他でもない。「野の師父」において農民と溶け合うことによって成就したかに見える宮沢賢治の生涯に、それ以上生きのびて為すべきことはもう何も残されていなかったのか、を問わなくてはならないからである。

別の言葉で言えば、賢治の「春と修羅」の修羅が終わって、残されたものは春、病床における永遠の春であったのかと言うことである。

死後発見された手帳は、この章の最初に引いた「雨ニモマケズ」の詩がメモされていたことで特に有名であるが、この手帳は次のメモから書き始められている。

昭和六年九月廿日　再ビ　東京ニテ　発熱

大都郊外ノ煙ニマギレントネガヒ
マタ北上峡野ノ松林ニ朽チ
埋レンコトヲオモヒシモ
父母ニ共ニ許サズ
廢軀ニ薬ヲ仰ギ
熱悩ニアヘギテ
唯是父母ノ意僅ニ充タンヲ冀フ

更に十月の二八日には、

快楽もほしからず
名もほしからず
いまはたゞ

下賤の廢軀を
法華経に捧げ奉りて
一塵をも点じ
許されては
父母の下僕となりて
その億千の恩にも酬へ得ん
病苦必死のねがひ
この外になし

更に十月二九日には、

疾すでに治するに近し
警むらくは
再び貴重の健康を得ん日
苟も之を
不徳の思想

目前の快楽
つまらぬ見掛け
先づ――を求めて
以て――せん
といふ風の
自欺的なる行動に寸毫も委するなく
厳に日課を定め
法を先とし
父母を次とし
近縁を三とし
農村を最后の目標として
只猛進せよ
利による友、
快楽を同じくする友
尽く之を遠離せよ

これらのメモを読む時に、宮沢賢治は、その生涯の使命を終えて、友一人なく淋しく病床に敗北していたのではなくて、病床にあり死を目前にしている状況をあるがままに受け入れると同時に、更なる一歩を確実に踏み出していることを知るのである。

その一歩とは、父との和解である。家との和解、宮沢一族との和解、そしてそれはとりもなおさず、抽象的なものではないあまりにも現実のこの世界との和解である。けれどもこの和解は、放蕩息子が病の故に実家に戻ってきて、自分の非を詫びるような形のものでないことは明らかである。「廢軀ニ薬ヲ仰ギ　熱悩ニアヘギテ」いる身ではあっても、その主体は野の人としての、法華経信奉者としての宮沢賢治である。この主体はかつて「世界がぜんたい幸福にならないうちは個人の幸福はあり得ない」と叫んだ主体である。

これまで何度も繰り返し見てきたように、宮沢賢治の生涯は、存在の原風景としての農民に融合することを第一義として歩かれてきた。その風景はもちろん賢治の内なる風景であったが、常に現実に外在している風景でもあった。「野の師父」において、内在する風景と外在する風景がひとつに溶け合った時、その旅は終わった。次に賢治が歩み入った場所は、それは病気という運命の定めるままのことではあったであろうが、彼にとってのもうひとつの外在する風景である、家であり父であった。「世界がぜんたい幸福に……」という「世界」の中から、父や家だけを除外するべき理由は何もなかった。彼は同じ手帳の十月二四日に、

◎
われに衆怨ことごとくなきとき
これを怨敵悉退散といふ
◎
衆怨ことごとくなし

と記している。熱病の中で記したその「怨」ないし「怨敵」が誰に向けられているのかを推測する時、何故か私の胸には、父政次郎の姿がまず想い浮かぶ。それは父政次郎個人の人格に向けられた怨というよりは、父がたまたまそれを負う運命にあった、経済＝金銭に対する怨であったはずだが、直接の対象が父に向けられていたことも事実である。

対農民という形で（その底には父も別の形で関わっていたのだが）始まった賢治の「修羅」が、その旅を一応終えて対家族という地平に踏み込んで行くのが、今私達が見極めようとしている光景である。この家族は抽象的な家族ではなくて、まさに宮沢賢治の父、政次郎という農民の搾取者である。

この二人の確執は、本書の最初の部分にも触れておいたように、今に始まったことではなく、遠く盛岡中学の在学時代から始まっていた。それは家業を継がせたいと望む父と、家業を継ぎたくない賢治とのほぼ二十年間に渡る確執であった。賢治にとって家業を継ぐとは搾取者になることを意味し、父にとっては家業を継がせることは、嘘いつわりのない長男への愛情であった。父からすれば、常に自分の意にそむいてきた長男を禁治産、つまり勘当処分にして、次男の清六に家督を譲ることも出来たはずである。それをせず、常に遠くから賢治を見つめ、必要とあれば食費その他の出費の面倒を見、病気で倒れればあわてふためいて、心底から看病することを厭わなかったのは、彼がその息子を深く愛しており、のみならず息子を理解していたからでもある。賢治が、当時設立された労農党の岩手支部のために、資金カンパも含めて協力していたことさえも父は知っていたかも知れない。知らなかったとしてもその資金カンパは、収入のない賢治のふところからではなく、父の財布から出ていたのである。

今宮沢賢治は、最後の病床にあって「許されては　父母の下僕となりて　その億千の恩にも酬へ得ん　病苦必死のねがひ　この外になし」と記しているが、それは、病床という特殊状況にあってこそ初めて見ることが出来た、父とその現実への賢治の側からの理解であった。漁師が魚を獲って殺すこと、熊撃ちが熊を撃つことを許すことが出来た賢治に、質屋が質屋の家業を行なうことを許せないはずは、客観的にはないのである。それが許せないのは、賢治の側からの父へのむしろ愛情であった。父と子であるが故の確執であった。

けれども、ここで賢治が一歩深く歩み入った世界は、父と子とか私と貴方とかの個別の世界ではなくて、法華経という法《ダルマ》の世界であった。法《ダルマ》の世界に横臥して見る時、父はひとりの人間であった。阿弥陀仏に深く帰依し、自分を罪深い者であると自覚し、それ故にまたさらに阿弥陀仏の名を呼ぶひとりの野の人であった。そしてこの野の人は、ほかならぬ賢治の父であった。このような理解が明確に生じた時賢治の胸には、高等農林学校に進んだことも国柱会に出奔したことも、花巻農学校の教職をやっていられたのも羅須地人協会を始めることが出来たのも、すべて父の慈眼の中での出来事であったことが見えたであろう。

宮沢賢治の眼には、今ひとつの新しい風景が見えている。それは「常不軽菩薩品《じようふぎようぼさつほん》」と呼ばれる法華経の中の一章である。

三

「常不軽菩薩品」に出てくる常不軽菩薩（サダーパリブータ）が、何故そのような名で呼ばれるかというと、昔、最初の威音王《いおんおう》如来がこの世を去られて、正法が滅し、像法の時代になって、高慢な比丘《びく》（僧）たちが大勢力を持っていた時代があった。この時その中に一人の比丘があって、この比丘は、すべての比丘、比丘尼、在家信士、在家信女を見るたびに、皆ことごとく礼拝讃嘆して言ったのである。「わたしは深くあなたたちを敬います。あえて軽んじたりはいたしません。それはなぜかというと、あなたたちは皆、菩薩道を実行して、やがて仏になられる方たちだからであります」。この比丘は経典を読誦したりせず、もっぱらこのように、人々を礼拝する行を行じていた。このことばを言うと、多くの人々はあるいは杖や木、瓦や石などで打ったり投げつけたりするので、それを避けて遠くへ走って行ってはなお高い声で「わたしはあえてあなたたちを軽んじたりはいたしません。あなたたちはやがて仏になられるでありましょう」と叫んだのである。こういうことを何年も何年も続けていたので、高慢な比丘、比丘尼、在家信士、在家信女らは、彼に常不軽という名をつけたのである。

これは紀野一義さんの訳で法華経の「常不軽菩薩品　第二十」から抜粋したものであるが、宮沢賢治は、先程から引用している死後発見された手帳に、次のような詩のようなものを記している。

不軽菩薩

あるひは瓦石さてはまた
刀杖もって追れども

見よその四衆に具はれる
仏性なべて拝をなす

菩薩四の衆を礼すれば
衆はいかりて罵るや
この無智の比丘いづちより
来りてわれを礼するや

我にもあらず衆ならず
法界にこそ立ちまして
たゞ法界ぞ法界を
礼すと拝をなし給ふ

窮すれば通ず
窮すれば通ず
さりながら

たのむはこゝろの
まことなりけり
こゝろのみにぞ
さちもこそあれ
こゝろひとつぞ頼みなりけり
――後略――

法華経の「常不軽菩薩品　第二十」には、この詩の第三節、つまり「我にもあらず衆ならず法界にこそ立ちまして　たゞ法界ぞ法界を　礼すと拝をなし給ふ」という部分は記されていない。この第三節は、宮沢賢治の経典解釈であるか、「国柱会」関係の資料による経典解釈であるかのどちらかである。いずれにしろ、宮沢賢治の「常不軽菩薩品」理解が、私でもなく人々でもなく、法界に身を置いてみれば、ただ法界が法界を礼拝しているのである、という理解であったことは確かである。

宮沢賢治に「不軽菩薩」という詩を書かしめ、

窮すれば通ず

と書かしめたものは何であろうか。ひとりの比丘が「あなた方はやがて仏になられる方です」と礼拝しているのに、その額を杖で打ち、石や瓦を投げつけた姿に、賢治をして感応せしめた者は誰であろうか。

それはひとつには農民達であり、ひとつには父であった。賢治が生涯をかけて深くかかわった二つの世界の人々であった。前の章でも少し触れたが、賢治が羅須地人協会において最も直接的に関わった農民との関係は、打ち続く凶作型天候の年や凶作の年であり、決して「野の師父」において見られたような融合関係だけではなかった。凶作を天候のせいではなく肥料設計や稲の品種選定のせいにして弁償を訴える農民もいたし、当時は珍物であったリヤカーを引いて畑を行く賢治を見て、あからさまに坊ちゃんの道楽仕事として嘲笑する者もあった。むしろ全体からすれば、好意的ではない農民の方が多く、賢治の労は報いられること少ないものであった。父もやはりそうであった。賢治が羅須地人協会の仕事に全生命をかけている時に、それを積極的に援助しようとはせずに、肥料販売という（石灰販売であったからこそ賢治はそれを引き受けた）賢治の嫌った商人の仕事にであれば、快く援助を申し出た。こういうことのすべては、賢治の身にしてみれば、杖で打たれ石や瓦を投げつけられることであったろう。

けれども宮沢賢治が、最後の手帳に「不軽菩薩」というメモを書きつけたのは、もはやそれらの杖や石や瓦を述べるのが目的ではなかった。賢治の最後の病床の時は、そんなことを述べるために与えられたのでは、いささかもなかった。死を目前に見る賢治が横たわっていた場所は、

我にもあらず衆ならず
法界にこそ立ちまして
たゞ法界ぞ法界を
礼すと拝をなし給ふ

という願い切なる場所であった。醜いヨダカの姿だけではなく、醜いヨダカの自我を負って、ここまで飛翔してきた宮沢賢治である。あるいはまた、せっかく善行の報いとして受けた「貝の火」を、傲る心によって失ってしまったのみならず、その火花によって失明してしまったウサギのホモイを、自らの内に住まわせている宮沢賢治である。今ここで父と和解し、父に許され、父を許すのでなければ、彼の全生涯はまたもや空無に帰ってしまうことになる。父との和解。それは父を法界の姿と知ることである。それは農民を法界の姿と知ることと同

じである。

かくして宮沢賢治の全生涯は、再びここに凝集する。賢治が法界に立てば、父も農民も自《おの》ずから法界に立つ。父や農民が法界に立てば、賢治も自ずから法界に立つことが出来る。法界を礼拝するものは法界であり、法界に立つものは法界の他のものを見ない。けれどもそれは、言うは易く、行じることの難しい世界である。宮沢賢治は、深い法華経の信行者ではあったが、その実現者ではなかった。

窮すれば通ず
窮すれば通ず
さりながら
たのむはこゝろの
まことなりけり
こゝろのみにぞ
さちもこそあれ
こゝろひとつぞ頼みなりけり

ここに在るのは、すでに常不軽菩薩でもなければ法華経でもない。ここに在るのは、こころ、である。こころのまこと、である。宮沢賢治は、長い眠られぬ夜に、自《みずか》らに尋ねたに違いない。お前のまことのこころは、父を愛しているのか、と。お前のまことのこころは、農民を愛しているのか、と。お前のまことのこころは、岩手山と姫神山とくらかけ山と早池峰山にかこまれた、この存在の野の風景を愛しているのか、と。

答えはすべて、深く然り、であった。この肯定には涙が光っている。この肯定の中から、たくまずして生まれ落ちたのが、十一月三日に書かれた雨ニモマケズの歌である。私達はもう一度この賢治の白鳥の歌をゆっくりと読み直してみよう。

雨ニモマケズ
風ニモマケズ
雪ニモ夏ノ暑サニモマケヌ
丈夫ナカラダヲモチ
慾ハナク
決シテ瞋ラズ
イツモシヅカニワラッテヰル

一日ニ玄米四合ト
味噌ト少シノ野菜ヲタベ
アラユルコトヲ
ジブンヲカンジョウニ入レズニ
ヨクミキキシワカリ
ソシテワスレズ
野原ノ松ノ林ノ蔭ノ
小サナ萓ブキノ小屋ニヰテ
東ニ病気ノコドモアレバ
行ッテ看病シテヤリ
西ニツカレタ母アレバ
行ッテソノ稲ノ束ヲ負ヒ
南ニ死ニサウナ人アレバ
行ッテコハガラナクテモイヽトイヒ
北ニケンクヮヤソショウガアレバ
ツマラナイカラヤメロトイヒ

ヒデリノトキハナミダヲナガシ
サムサノナツハオロオロアルキ
ミンナニデクノボートヨバレ
ホメラレモセズ
クニモサレズ
サウイフモノニ
ワタシハナリタイ

# み祭り三日

絶筆二首

病《いたつき》のゆゑにもくちんいのちなりみのりに棄てばうれしからまし
方十里稗貫のみかも稲熟れてみ祭三日そらはれわたる

一

宮沢賢治の死を、年譜は次のように記している。

昭和八年（一九三三年）

九月十七日。花巻町鳥谷ヶ崎神社の祭礼が始まる。

九月十九日夜、鳥谷ヶ崎神社祭最終日、祭礼の神輿《みこし》渡御《わたり》を門前に出て拝む。

九月二十日。朝、農民の訪問を受け、店先でしばらくその相談にのる。その直後呼吸が困難になり、主治医の往診を受ける。絶筆二首をしたため、置戸棚にうず高く積んだ原稿を見やって「この原稿はわたくしの迷いのあとですから、適当に処分してください」と父に頼む。夜、また農民から肥料相談を受け、およそ一時間話す。

九月二十一日。午前十一時三十分、喀血して容態急変したが意識は明瞭で、死後「国訳妙法蓮華経」一千部を印刷して友人知己に配布してくれるよう、父に依頼する。母から水をもらい、オキシフルをつけた消毒綿で体中を拭き、午後一時半に息を引き取る。


この年譜を見て、興味を引かれることのひとつは、九月十九日の夜に宮沢賢治が、門の外に出て鳥谷ヶ崎神社の神輿《みこし》の還御を拝んだということである。この神社の祭礼が何を祭る祭礼なのか私には不明であるが、秋の収穫を祝うお祭りでないことは確かである。けれども、すでに二百十日は終わり二百二十日も過ぎて、

方十里稗貫のみかも稲熟れてみ祭三日そらはれわたる

と絶筆されているように、賢治の生まれ死んでゆく岩手県稗貫《ひえぬき》郡の一帯は稲が熟れはじめている。この熟れかたは常ならぬたわわなもので、今年こそは間違いのない豊作の噂が、あたり一帯を流れている。十七日から始まった祭りの三日間はお天気続きで、花巻の町には祝祭の気があふれている。

九月十九日の夜はそのお祭りの最終日で、三日間に渡って練り廻された神輿《みこし》が、これから神社に還るところである。

宮沢賢治は、自分の生まれ育った家の戸口に立って、その還御してゆく神輿と華やいだ町の光景を、どのような思いで拝し、眺めたのであろうか。

私達は、もとよりその時の賢治の思いの中に入って行くことはできない。けれども、ここまで共に歩いて来た私としては、宮沢賢治が死を二日後に控えたこの日の夜に、還御して行く神輿を拝んだという客観的な事実に、大変興味を覚えるのである。

鳥谷ヶ崎神社とは、多分法華経とも浄土真宗とも関係のない、花巻という地域に固有の神社であり、その祭神が歴史に記載されている神格であるか否かを問わず、その神社のお祭りは花巻にしかない花巻のお祭りである。

私達は、出会いというものが、まるで偶然のような装いを持ちながら、その実は、鉄の必然性の内に出会われるものであることを知っている。その必然性をゲーテは親和力という美しい呼び名で呼んだが、私達の出会いは、いやな出会い（反親和力）をも含めてすべてこの力に依っている。宮沢賢治が十八歳の時に漢和対照妙法蓮華経に出会ったのも、妹トシと死に別れたのも、草野心平や高村光太郎と触れ合ったのも、すべてこの力に依っている。宮沢賢治はこれを四次元の名で呼んだが、呼び名は今はどうでもよい。

九月十九日の夜に、今は華やかな明りに飾られているが、やがて神社の暗所へ還って行く神輿と宮沢賢治を出会わせたものも、やはりこの親和力である。今、時間的にも場所的にも遠く離れた屋久島の私の場から、その風景を眺める時、私の脳裡には、成就、という言葉が生まれでてくる。

宮沢賢治がそれをどんなに願ったとしても、もしその祭礼の三日目が雨で、体のためによくない状態であったり、あるいは事実どおりによいお天気でも、賢治の方の体の具合が悪くて外に出られなかったとすれば、この出会いは永久に行なわれず、宮沢賢治の死に関する年譜は、法華経一千部の印刷配布という特記事項だけをもって終わってしまったであろう。

私がここで成就という言葉で呼ぶものは、地域という概念に関してのことである。賢治の法華経は、言わば賢治と父との確執の中から生まれた出会いであり、賢治と花巻地域との関係から出会われたものではなかった。当時の花巻地方には、法華宗寺院は一個もなかったことが知られているから、その地を流れていた宗教的気流は、この鳥谷ヶ崎神社の祭神と浄土真宗と、他に禅宗などでしかなかったはずである。宮沢賢治が法華経を深く受持すればするほど、その地域を流れそこを支配している宗教的気流とは別の流れに、彼は入って行くことになるのだった。

この意味においては、賢治はその土地に生まれ育ち、そこに死んで行こうとしている身でありながら、ひとりの異邦人であった。その土地をそれほどにまで愛し、身心を捧げたにもかかわらず、異邦人であることをまぬがれなかった。

九月十九日の夜に、賢治がふらふらと病床から起き上がり、家の戸口まで出たという行為は、もちろん賢治がそう望んでそうしたのではあるが、それを呼ぶものがなければそういうことは起こらなかった。賢治を呼んだものは、鳥谷ヶ崎神社の神霊が宿る神輿、すなわちその神霊そのものにほかならない。親和力であるから、実はどちらがどちらを呼んだというものではない。

私が、成就、という言葉で、賢治への哀悼ともし大きな讃辞ともしたいのは、その生家の戸口で偶然の装いのもとに行なわれた、宮沢賢治とその地域の神霊との融合である。神霊の側からすれば、賢治がその地で死んで行くことを嘉《よみ》したのであり、賢治の側からすればその神霊を拝したのである。

方十里稗貫のみかも稲熟れてみ祭三日そらはれわたる

二首の絶筆の内のこの一首は、鳥谷ヶ崎神社の祭神への静かな充ち足りた讃歌である。そしてこの祭神は、父の浄土真宗と賢治の法華宗を二つながらに包みこんだ、花巻の地の祭神であった。

二

死が迫っている時には、すべてのことに重要な意味が出てくる。

宮沢賢治の死の前日に、二人の農民が彼を訪れ、肥料相談を請うたということもやはりそのまま見過ごすことはできない。これが出会いであり親和力であることは、神輿の場合と同じである。

前日の夜、家の戸口に立って神輿の還御を拝している賢治の姿を、多くの人達が見かけたことだろう。そしてその人達は「宮沢さんはこのごろ具合がいいのだな」と感じたことであろう。そしてその人達の内の何人かが農民で、たまたま来年度の肥料のことをすでに思案している人であれば、「よし、今の内にちょっと相談しておこう」と考えたに違いない。

朝方一人の農民がやってくる。しばらく相談にのって帰すと、賢治は呼吸困難に陥る。医者が呼ばれる。医者は適切な処置をして帰る。賢治は絶筆二首をしたため、原稿の山を指して、あれは自分の迷いのあとだから死後は適当に処分して下さい、と父に言う。そして夜に入ると、また一人農民がやってくる。小一時間ばかり話し込んで帰ってゆく。

肥料相談と言っても、今は九月二十日で、稲は熟して穂をたれており、収穫が目前に迫っている時期である。肥料相談と言ったってその年の問題ではなく、次年度のことであったはずである。ましてその年は、後年の記録によれば岩手県史上最高の豊作が約束されていた年であり、瀕《ひん》死の宮沢賢治に、その朝と夜にどうしても相談せねばならぬ差し迫った内容が農民の側にあったとは思えない。

二人の農民と宮沢賢治のその日の出会いについて、私が感じるものは花巻農学校と「羅須地人協会」を頂点とする賢治の活動に起因する、賢治の負債感覚である。賢治ファンの評価からすれば、結核の身体で年に二千枚もの肥料設計をし、それを実地指導するべく駆けまわったということは、自殺行為にも等しかったとも言われるのであるが、宮沢賢治自身のまごころからすれば、まだまだ野には大きな負債が残されていた。その負債感覚が、あまり差し迫ってもいない二人の農民を賢治の元へと呼び寄せたのである。その負債感覚がどのようなものであったのかを探るために、私達はもう一度だけ「春と修羅」に帰ってみよう。

休息

地べたでは杉と槻の根が、
からみ合ひ奪ひ合って
この瘠せ土の草や苔から
恐ろしい静脉のやうに浮きでてゐるし
そらでは雲がしづかに東へながれてゐて
杉の梢《ウラ》は枯れ
槻のほずゑは何か風からつかんで食って生きてるやう
　……杉が槻を枯らすこともあれば
　槻が杉を枯らすこともある……
（米穫って米食って何するだい？
　米くって米穫って何するだい？）
技手が向ふで呼んでゐる

木はうるうるとはんぶんそらに溶けて見え
またむっとする青い稲だ

――――「春と修羅　詩稿補遺」より

ここで詩われているのは（叫ばれているのは）百姓の世界に対する絶望である。この詩が作られたのは多分「羅須地人協会」の活動の最後の一年のことで、最初の発病を目前にした宮沢賢治は、奔走の最中にほっと一息休息をとり、地面に腰を下ろしてこの呪詛の言葉を吐いているのだ。

……杉が槻を枯らすこともあれば
槻が杉を枯らすこともある……
（米穫って米食って何するだぃ？
米くって米穫って何するだぃ？）

技手が向ふで呼んでゐる

一方では農民と農村のために全エネルギーをかけて奔走しながら、一方ではこのように叫んでいるこの呪詛。この呪詛が、死を目前にした宮沢賢治にとって、負債感覚として甦ってきたとしても、少しも不思議ではないと私は思う。宮沢賢治がある日ある時、凶作の予兆の見える野に落としたこの呪詛のつぶやきが、死を翌日に控えた賢治の前に、ひとりの農民となって姿を現わしたのである。賢治が敢えてその農民に会い、きちんと正座して対応したのは、その負債を返済するためであったと私は仮定する。

もうひとつある。夜になってもう一人の農民がやってくるのであるから、私に言わせれば、もうひとつの負債の風景があるのである。

## 詩への愛憎〔雪と飛白岩《ギャブロ》の峯の脚〕

——前略——

やっぱりあなたは心臓を
三つももってゐたんですねと
技手がかなしくかこって云へば
佳人はりうと胸を張る
どうして三つか四つもなくて

脚本一つ書けませう
技手は思はず憤る
なにがいったい脚本です
あなたのむら気な教養と
愚にもつかない虚名のために
そこらの野原のこどもらが
小さな赤いもゝひきや
足袋ももたずにゐるのです
旧年末に家長らが
魚や薬の市へ来て
溜息しながら夕方まで
行ったり来たりするのです
さういふ犠牲に値する
巨匠はいったい何者ですか
さういふ犠牲に対立し得る
作品こそはどれなのですか

もし芸術といふものが
蒸し返したりごまかしたり
いつまでたってもいつまで経っても
やくざ卑怯の遁げ場所なら
そんなものこそ叩きつぶせ

——後略——

——「春と修羅　詩稿補遺」より

先の「休息」という詩では、技手は疲れ果てて地べたに坐りこんでいる賢治を、そんなきつい仕事はやめてこっちへ来いと呼んでいるかの如くであるが、この詩における技手は、賢治の内なる詩の女神を「そんなものこそ叩きつぶせ」と嘲笑しているのである。ここまで来ると宮沢賢治の内なる「技手」という風景を探りたくなってくるが、ここではそれをひとまず「科学精神」と読んでおくことにするほかはない。

ここで私が興味を持つのは「あなたのむら気な教養と　愚にもつかない虚名のために　そこらの野原のこどもらが　小さな赤いもゝひきや　足袋ももたずにゐるのです」とする宮沢賢治の感受である。これはかつて私が学生であった時分に、J・P・サルトルが「飢えた子供の前で文学は可能か」と大上段に構えて、大いに問題になったことと同じ内容の自己存在へのアプローチである。一方では、「米穫って米食って何するだぃ？　米くって米穫って何するだぃ？」という呪詛があり、一方では、今見てきたような嘲笑がある。

だが今宮沢賢治は、置戸棚にうず高く積まれた原稿用紙の山を指して「これはわたくしの迷いのあとですから、適当に処分して下さい」と父に依頼する。「焼き棄てて下さい」と依頼しなかったのは、賢治がその「迷いのあと」に価値を見ていたからである。それは「迷い」ではあったが結局賢治の生涯がそこに傾けられた真実の「迷い」であった。そしてこの「迷い」の中核をなすものは「あなたのむら気な教養と　愚にもつかない虚名のために　そこらの野原のこどもらが　小さな赤いもゝひきや　足袋もたずにゐるのです」とする宮沢賢治の感受であった。この感受の表面を形づくるものは愛である。裏面を為すものは自我である。愛と自我とが、ひとつの「詩への愛憎」という言葉に結ばれたまま、そのまま野に置かれて風に吹かれている。

九月二十日の夜に、ひとりの農民が訪れ、宮沢賢治のこの世での最後の夜を共にした。それは賢治からすれば、午前中の農民の時と同じく、やはり野に置いてきた負債が、農民の姿となって突如現われてきたからにほかならない。これは無論私の仮定である。けれどもこの夜に訪れた農民は、私の仮定からすれば、負債を迫りに来たのではない。彼は、宮沢賢治がこの世を去ることを知って、自らそれとは知らずいたたまれずに野からやってきた愛だったのである。この愛はまことの愛である。この愛がなかったら、そこに父があり母があり弟があり、法華経があったとしても、賢治の死はどんなに淋しいものだったろう。

この夜訪れた農民が、高名な詩人や代議士や教授ではなく、一介の無名の百姓であったからといって、その価値をいささかも低く見ることは許されない。この農民は、野から駆けつけてきた野の霊の化身であり、無名有名を越えた存在の愛だったのである。

病《いたつき》のゆゑにもくちんいのちなりみのりに棄てばうれしからまし

この「うれしからまし」は願望ではない。何故なら、十里四方の稗貫《ひえぬき》郡のみならず、岩手県も東北地方もこの年は未曽有の大豊作で、稲の穂は見る限りたわわに黄金色の波を打っていたからである。

三

死後発見された「黒い手帳」の中に「経埋ムベキ山」というメモがある。これを次に引用する。

経埋ムベキ山。
旧天山、胡四王、観音山、飯豊森、物見崎、早池峯山、鶏頭山、権現堂山、種山、岩手山、駒ヶ岳、姫神山、六角牛山、仙人峠、束稲山、駒形山、江釣子森山、堂ヶ沢山、大森山、八方山、松倉山、黒森山、上ッ平、東根山、南昌山、毒ヶ森、鬼越山、岩山、愛宕山、蝶ヶ森、篠木峠、沼森、

このメモが意味するものは、まことに深いと言わざるを得ない。経とは言うまでもなく法華経のことである。この山の名を記したメモの少し前に、

奉安
妙　法　蓮　華　経　全　品
立正大師滅后七百七拾年

という枠組みメモが記されてあるので、宮沢賢治の意図はほぼ明らかである。記された三十

二の山々や峠や森に、法華経を奉安しようというのである。私が旅をし触れたことがあるのは、この内早池峰山、岩手山、駒ヶ岳、姫神山、仙人峠くらいで、他の山々や森が何処に位置しているのかは判らない。地図を出して調べてみると、花巻を中心にすると東方約六十キロに仙人峠があり、東北方向約四十キロに早池峰山があり、北方約六十キロに岩手山と姫神山が並び、北西方向約五十キロばかりの所に駒ヶ岳がある。北方約四十キロの地に盛岡市がある。賢治の眼は、花巻より南及び西には向けられていない。半径ほぼ六十キロの半円型に近い地域の中にある山々や森や峠に、賢治は法華経を奉安しようと意図していたのである。けれども、奉安というのは名義上のことである。その実体は「経埋ムベキ山」で、山々や森や峠に当然祀られているであろう小神社等に奉納するのではなくて、その実体の土の中に埋めこもう、というのである。

宮沢賢治のこの意図が、生前に実現されなかったことは推測できるが、死後はどうであるのか私は知らない。私にとっては、賢治がそのような意図を持っていたということだけで今は充分である。

私がこの意図の内に見るものは、法華経という外化された真理を、もう一度自然存在の内に帰納して自然存在と一体化させたいとする、宮沢賢治の願いである。自然存在とはもともと法《ダルマ》そのものであり、その法《ダルマ》を悟った時にブッダがブッダとなられたのである。法華経が外化された真理であるというのはそのような意味である。開示された真理と言い換えてもよい。

宮沢賢治はブッダによって開示され外化された真理としての法華経を信受した人ではあったが、それだけでは究極ではなかった。開示され外化された真理を、もう一度もとの自然存在のふところへ帰すこと、つまり、自分が愛した山々や森や峠の土の中にそれを埋めること、そうすることによってもう一度、その山々や森や峠から真理が流れ出すことを願ったのである。

その真理は言葉ではない。朝日を受けて白銀に輝く岩手山が、それを眺めるすべての農民を含む人々に無言の内に説くもの、沼森の青葉を繁らせた柏林が、そこを行くすべての人々に無言の内に語りかけるもの、種山のすすきの原を行く人々に風の声をとおして囁くもの、そのようなものの内に、外化された法華経と等しい真理が含まれ、あるいはむしろ外化された法華経からでは聞きとりにくい真理があることを、宮沢賢治は正当に知っていた。

それは、いわば宮沢賢治の、野へのこだわりであった。何故そんなにしてまで野にこだわるのかと言えば、野に真理があることを彼が深く知っていたからである。けれどもその野は、法華経が語るようには語らないのである。

私がこのように記したからと言って、それは法華経の価値を下げることではいささかもない。宮沢賢治は法華経の真剣な信受者であり、これから見て行くように法華経を遺言として、息を引き取るのであるから「経埋ムベキ山」として記された三十二の山々と森と峠に関するメモは、賢治の死への旅路の中でふと洩らされた壮大な夢であったのかも知れない。

年譜には、賢治の臨終の有様は何も記されていないが、自分の死後に法華経一千部を印刷して、友人知己に配布してくれるよう父に依頼したことが記されてある。

私が注目するのは、その依頼の相手が父であったことである。私の手元にある資料の限りでは、臨終の場には父と母と弟の清六がいる。遺言の相手に父を選んだことは、自然であり当然のことでもあったとは思うのだが、その自然でもあり当然でもある成行きの中に、宮沢賢治の法華経が、ついに父に手渡される光景を見て私は涙を流す。楽しいこともたくさんあったであろうが、辛いことの多い宮沢賢治の短い独身の生涯であった。その辛さの中核にあったものは、ほかならぬ父との確執であった。宮沢賢治は、浄土真宗ではなく法華経を選んだのではない。父ではなく法華経を選んだのである。選んだのではない。選ばされたと言った方がより適切であろう。宮沢賢治が信受した法華経は、父への反逆の法華経であった。その法華経は宮沢賢治の真理であった。それはすでに反逆を強く越えたものではあったが、その真理が、賢治の最後の願いとして、父の手に委ねられたのである。

# 野の道

三十七年という時間が流れ去って、私の記憶も少しずつ霞んで来るようだし、兄の臨終についてはいままでみんなに書かれていることでもあるので、ここでまた改めて繰り返すこともないと思う。

けれども、あの死のちょっと前の言葉で、私の気がかりになるのは、兄の法華経の頒布について遺言した後で、「その外には何かないのか。」という父の問いに答えた言葉である。

《それはいずれ後でまた起きて詳しく書きます》といったのを私もはっきりと聞き、今までいろいろの伝記にも載っているそのことばについてである。

――宮沢清六「『臨終のことば』から」より

# 一

きのう奄美地方の梅雨が明けたという。

私達の島の上にも久し振りに青空が見えたが、それはまだ一部分で、湿気を含んだ灰色や白の雲が空の大半を覆い、山の上にはいつ雨になるかも知れない黒雲がじっと居すわっている。むっとするような熱気が風の中に含まれていて、風が肌に触れると汗がにじみ出る。夜に入っても、この熱気を含んだ風は冷たくはならない。一年中で一番屋久島が蒸し暑いのは、梅雨明け前のこのなま晴れの日々である。梅雨が明け切ってしまい、本物の夏の太陽がかっと照りつけると、風から湿気が失われ、木蔭に入るとひんやりとした風が肌を冷やしてくれるようになる。夕方から夜にかけて、さわさわと涼しい風が吹きわたり、半そでシャツ一枚では涼しすぎるほどになる。

けれども今は、まだ梅雨は明け切らず、時々ざっと雨が降り、熱気をはらんだ風がどうと吹き、太陽がうすい白い雲をとおして四、五分間だけ草を照らす。いつのまにかここらにはゲンコツ花の濃い橙《だいだい》色がいちめんに広がり、アジサイとクチナシの花の季節が去って行ったことを告げている。

私が食事をしていると、ちくりと背中を刺すものがある。はっとして手をやると、虻《あぶ》が飛ぶ。虻は、この島の梅雨明けを前触れする使者である。毎年梅雨が明け、真正の太陽がかっと照りつけ、待たれていた夏が来ると、それと同時に虻の季節になる。虻は、蜂に比べれば刺された時の痛みは五分の一くらいで、取り立てて騒ぐほどのものでもないが、それでも一瞬のちくりの針には、人をはっとさせるくらいの力が秘められている。

不思議なもので、私は毎年この季節になると太陽のことばかり思っていて、それと共にやってくる虻のことは忘れている。けれども虻は確実にやって来て、その虚点を衝くかのように、ちくりと最初の針を刺し込むのである。私はそれでもまだ一年間の夢から覚めず、それが虻だとは気づかない。手をやってブンと虻が飛ぶと、その羽音に初めて、やっ虻だと気づくのである。そしてこれから夏の間中、私があえて「虻先生」と呼んでいるそれと共存する努力の日々が始まるのである。

虻というのは不思議な虫で、人間の弱点を正確無比に知っている。例えば、今朝私がこの夏初めて刺された時には、私は食事中で、納豆御飯の茶碗を左手で持ち、口を茶碗に近づけて、右手に持った箸でそれを口の中に運び入れようとした瞬間だった。この時、私の体の中で最も隙《すき》のある部分は、右手の肩の裏の部分である。そこは視界から隠されているのはもとより、神経の集中点が右手の指にあるので、虻ほどの大きなものがそこに止まっても気がつかないのである。そういう盲点を、虻はいつでも正確無比に感知していて、必ずそこをねらって音もなくやってくる。

大した痛さではなくても、そういう盲点をちくりとやられると、それも一度や二度ではなく何十回と繰り返されるようになると、神経は少しずつ緊張の度を増してきて、全身すきなく虻に対して構えるという姿勢になってくる。こういうことを何年か繰り返している内に、対虻《あぶ》方策として最上のものは、心を静かに保っていることだということが自然にわかってきた。心を静かに保って、全身の筋肉をゆったりと解放させておくと、第一に虻はほとんど止まりにこず、第二に止まりに来ても刺される前に打つことが出来るのである。これは、いわば虻が教示してくれる日常生活の中の瞑想である。虻の季節になると自然に心身がそのような方向に向かう。そしてその姿勢がくずれて少しでも油断があると、あたかも禅堂の痛棒のごとくに突然ちくりと刺しこまれ、はっとして心身の姿勢を正すのである。私が虻を、くやしさもこめて「虻先生」という呼び名で呼ぶのは、そういう役割を虻がしているからである。

心を静めて熱い玄米茶を飲んでいると、家の裏の谷川の流れの音が聴こえてくる。その音は歌うようであり囁くようでもあり、沁み入ってくるようでもある。私の頭の中でたちまち谷川が流れはじめる。それはとても気持ちのよい震動で、まるで頭の中が洗われてるような気持ちになってくる。私の思考は谷川の流れのリズムそのもので、流れては下り流れては下り水草のようにゆれている。それは私が垣間見ることができる透明な精神そのものの姿である。

裏山ではみっしりと蟬が啼いている。時々風がどっと吹いてきて、谷川の音も蟬の啼き声も運び去ってしまうが、風が過ぎればまたそこに谷川が流れ蟬の啼き声が充ちてくる。私はうっそうと繁茂している山を見上げる。そしてそこに住んでいる無数の生きもの達のことを思う。山というのは、実は無数の生きもの達からなる巨大な塊である。それで山というものは、あのように重々しく美しいのだ。みっしりと啼きたてる蟬達の声は、その重々しく美しい山の呼吸のようである。

黒アゲハが一羽音もなく飛んでくる。ぽんかんの木の夏芽を花と間違えて、ちょっと止まってみるがすぐに飛び立つ。今度は野ゆりの花に止まる。長い吸い口をのばして胴体を震わせながら蜜を吸う。この野ゆりは、二年前に道端に自生していたのを私が庭に移植したもので、今年初めて花が咲いたものである。黒アゲハのつややかな黒と、野ゆりの花の濃いオレンジ色の対比がとても美しく、その美しさには神秘的とさえいえる静かさがある。野ゆりの花があるゆえに黒アゲハがこのように美しく、黒アゲハがあるゆえに野ゆりの花がこのように美しい。

# 二

私は今、ジェレミー・リフキンが書いた『エントロピーの法則』（竹内均訳、祥伝社刊）という本を読み終わった所である。

エントロピーという耳なれない言葉を初めて聞いたのは、ほぼ八年前のことで、東京の西荻窪にある「ほびっと村学校」に、玉野井芳郎さんを招いて講座を持って戴いた時であった。玉野井先生は、現在は沖縄国際大学に移られて『地域主義の思想』（農文協刊）という力強い著作を書かれたが、当時はまだ東大で経済学を教えていたはずである。その玉野井先生が、講座の中でいきなり熱力学の第二法則に当たるエントロピーの法則ということを言い出されて、私には残念ながらその意味する所が少しも理解できなかった。

それ以後あちこちでエントロピーという言葉を聞き、活字でも出会うのだけども、近頃有名になった科学用語で、どうやら私達の生き方に味方するものであるらしいとは感じているものの、敢えてエントロピーとは何かを勉強する気持ちにはなれなかった。それでなくとも私には為すべき野の仕事がたくさんあり、エントロピーなどよりは風呂場の煙突修理の方が大切な問題だったからである。

ところが、ジェレミー・リフキンのこの本を読んでみて、私は心の底から驚いた。私がこの十五年間意識的に旅をしてきた心の道の方向が、このエントロピーの法則によって見事に物理的に支えられていることを知ったからである。ジェレミー・リフキンによれば、このエントロピーの法則というのは、人類の歴史の全てを支配している唯一の物理学上の真理であり、すべての文明、政治、産業、文化はこの法則の冷厳な真理を逃れることは出来ないものである。この、神にも似た恐ろしいエントロピーの法則とは、一度使用された有効エネルギーは、再び元の通りの有効エネルギーに還ることはない、という法則である。別の言葉で言えば、私達の文明はこの地球という限られた系の中のエネルギーを使用して発展してきたのであるが、エネルギーを使用すればするほどエネルギーとして役立たない廃棄物が必然的に生み出され（エントロピーの増大）、やがてはこの廃棄物が全地球を覆う以外にないとする法則である。であるから、私達が文明の発展と見てそれを必死に押し進めていることは、エントロピーの法則からすれば、その文明の死をめざして必死の努力をしていることにほかならない。

私達の現代の産業機械文明は、累乗的に文明が文明を呼び、エネルギーがエネルギーを呼ぶ形で進められているから、今のままのスピードで行けばエントロピーはまもなく臨界点に達する。エントロピーが臨界点に達するということは、この産業機械文明が滅びるということであり、その支配下にある人類が滅びるということである。

私が自分のぼろトラックのために、今日一リットルのガソリンを必要とし、比喩的に一年後には一・一リットルを必要とすると仮定する。このようなことを全社会的に総計し、時間軸と組み合わせるとどうなるかを、ジェレミー・リフキンは次のような単純な比喩で見せてくれる。つまり、厚さ〇・一ミリの紙を三十五回折りたたむと、その厚さはロサンゼルスからニューヨークまでの距離に匹敵する。同様に四十二回行なうと、それは地球から月までの距離となり、さらにそれをもう八回繰りかえして五十回にすると、厚さはおよそ一四八八億キロメートルとなって、地球から太陽まで達する。「(エネルギーに基礎を置く)技術という麻薬のエスカレーションは、生命にとっても、また地球にとっても、破滅に至る片道切符を意味することでしかない」と彼は言っている。

私達の文明はすでに月まで届いているのだから(それだけ廃棄物が増加しているのだから)この比喩で言えば、もうあと八回たたむと、太陽にまで届く。

エントロピーの法則が恐ろしい真理であるというのは、このことが何処かの予言者の予言や、私のような小さな野の者の私的な危惧ではなくて、地球を支配している冷厳な物理的事実であるという点である。エントロピー史観からすれば、四〇〇万年前に〇・一ミリの紙を初めてたたんだ人類は、何万年何十万年をかけて二度目をたたんで厚さ〇・四ミリに達し、また何万何十万年をかけて〇・八ミリに達した。そして最近わずか三、四百年の間に、おりたたむ頻度はたちまち高くなり、比喩的に言えば四十二回目まで来てしまったのである。そしてもう八回で太陽まで届くということは、核融合によるエネルギーに手が届くことを意味している。そしてそれは、それに等しいだけの核廃棄物を私達にもたらすことになる。それは地球の死滅である。

熱力学の第二法則という真理は、かくしてエネルギーである生命体の死滅の法則である。ジェレミー・リフキンという人は、カーター前大統領のブレーンの一人であったというが、こんな男をブレーンにしていたのでは、レーガンにその地位を奪われるのは火を見るよりも明らかなことである。

けれどもリフキンは、私達にただ絶望を与えるのが目的でこの書物を書いたのではない。私達の地球は成程閉ざされた系であり、その資源は有限であるが、太陽は変わらず輝いており、太陽が燃えつきるまでの数十億年間は、私達は太陽のエネルギーだけは限りなく受け取ることが出来るのである。それは取りもなおさず、太陽と共に生きる新しい低エントロピーの世界へと、この文明の質を変更して行くことにほかならない。リフキンは言う。

「われわれは、好むと好まざるとにかかわらず、引き返すことなく、低エネルギー社会に向かって歩んでいかなくてはならないのである。われわれ自らが望み、そして、自らが生き続けていくことの必要性と、よりよい生活への大きなチャンスを認識して、低エネルギー社会へ突き進んでいくのか、それとも、必死になって現在の世界観にしがみつき、結局、苦痛にもがきながら低エネルギー社会へいやいや押し出されていくのか――。それは、われわれ次第なのである。

現在のわれわれは、毎日高エネルギーという道路の上を歩いていて、いずれは払わねばならないツケを、せっせと溜め込んでいる。画期的なテクノロジーを導入し、まるっきり新しい経済基盤をつくりだせれば〝支払い期限〟を延ばすことはできなくはないだろう。だが、それとて、ほんのわずかな間にすぎない。高エントロピー社会から低エントロピー社会への移行を遅らせば遅らせるだけ、エントロピーのツケが膨らんで、にっちもさっちもいかなくなる。支払い期限を延ばしすぎれば、ツケが溜まりすぎて、人類の力では持ちこたえきれなくなってしまうはずだ」

引用がつい長くなってしまった。私達野の者に対する科学畑からの友情は極めて少なく、それ故にたまたまこのような友情に出会うと、すっかり嬉しくなってしまうのである。それでは、私達はそんなにも友情に飢え孤独なのかというと、そんなことは決してない。今ではすっかり少数民族になってしまったが、かつてはアメリカ大陸の主人であったアメリカインディアン達や、インディオ達、レゲエ音楽の舞踊者達、南米大陸の無数の原住民達、オーストラリア大陸やミクロネシアやポリネシアの人達、アジアの人達、貧しく美しいインド人達、ぼろにくるまれたブータン人、透明な黄金色の微笑を放つネパール人達、真理と共に追放されたチベット人達、中近東の人達、原色の笑いを爆発させるアフリカ大陸の黒い人達、ブッシュマン達、ピグミー達、すべての野の人達が私達の友人である。

アメリカ合衆国の人口は全地球人口の六パーセントを占めているが、その人口が浪費するエネルギーは、地上の全人口が費やす総エネルギーの三分の一を占めていると言う。その次には多分ソヴィエト連邦が続き、第三位に日本国がつけ、第四位が西ドイツだか東ドイツだか知らないが、このゲームは冷厳なエントロピーの法則のもとで、今もなお至上の価値として争われている。そういう体制を支配し、推進し、私達の全部をその中に巻きこんで死に向かわせようとしている人々を友人とは呼ばないだけで、私達に友人が少ないわけでは決してない。そしてこれらのいわゆる先進文明諸国と呼ばれている国々の中にも、一九六〇年代の末からドロップアウトの合言葉と共に、物質的には貧しくとも、心豊かに平和に暮らす生活の方向へ歩き出した者達をはじめとして、少なからぬ数の友人達がいる。私達には友人が少ないどころか、地球上のほとんどの人達は、野の者達であり、友人と呼ぶよりはむしろ仲間である。けれどもそうではないほんの一握りの人達がいて、この文明には様々な欠陥はあるけれども究極的にはこれを善であるとし、従って絶対価値であるとしてこの文明を肯定し、さらにその一歩を深めようとしているのである。

私は今一握りの人達と書いたけれども、この一握りの人達の数は逆に、少数派ではない。選挙になると生活の安定をもたらすという理由で自民党に投票する人々の大半がこの一握りの人々に結局は属するし、野党という意味であえて槍玉に上げれば、総評の別働隊に過ぎない社会党に一票を投じる人の大半もこの一握りの人々に結果として属する。そして一握りの人々が、自分ではなく自分の外にあるとする発想が、社会的政治的に総合されて現実の一握りの人々を生み出す。

私達は誰一人として、この死へ向かう文明において無罪ではない。私達がより広く美しい家に住むことを望み、より豊かな食物を食べることを望み、より高い社会的地位につくことを望み、より多くの生活費を費やすことを望むならば、私達は皆この死の文明に、それとは知らず加担しているのである。

苦しいことではないか。情けないことではないか。生活すればするほど有罪であるなんて、あまりにもみじめではないか。

けれどもこの文明社会で呼吸をしている以上、このことは私達すべてにとって避けられない事実である。私達がエントロピーの法則を逃れられない以上、このように告白する以外にはない。

# 三

宮沢賢治と共に歩いてきたこの旅もいよいよ終わりに近づいてきた。私達の旅からすれば、もはや書くべきことはほぼ書き終えたのであるが、最後に童話「虔十《けんじゆう》公園林」に少し触れて締めくくりとすることにしよう。

虔十《けんじふ》はいつも縄の帯をしめてわらって杜《もり》の中や畑の間をゆっくりあるいてゐるのでした。

雨の中の青い藪《やぶ》を見てはよろこんで目をパチパチさせ青ぞらをどこまでも翔《か》けて行く鷹《たか》を見付けてははねあがって手をたゝいてみんなに知らせました。

けれどもあんまり子供らが虔十をばかにして笑ふものですから虔十はだんだん笑はないふりをするやうになりました。

風がどうと吹いてぶなの葉がチラチラ光るときなどは虔十はもううれしくてうれしくてひとりでに笑へて仕方ないのを、無理矢理大きく口をあき、はあはあ息だけついてごまかしながらいつまでもいつまでもそのぶなの木を見上げて立ってゐるのでした。

この少し足りないけれども働き者の虔十が、ある時杉苗を七百本買ってくれと、母親に頼む。どこに植えるのかと聞くと、家の後ろの運動場くらいの荒地に植えるのだと言う。兄が、あそこは杉を植えても育たない所だからやめておけと言うが、父親が「買ってやれ、買ってやれ。虔十ぁ今まで何一つだて頼んだごとぁ無ぃがったもの。買ってやれ」と言ってくれて、杉を植えることになる。

近所の人達は、あんな所に杉を植えるなんてやっぱり馬鹿は馬鹿だと噂をするが、噂のとおり、その七百本の杉は七年たっても八年たっても九尺（二・七メートル）くらい以上には伸びなかった。それでも虔十はその杉の枝払いもし、世話をしたり眺めたりして喜んでいた。その土地は学校に隣接していたので、学校通いの子供達が、杉林の並木の間を列を作って遊びながら通るようになった。

ところがある霧のふかい朝でした。

虔十は萱場《かやば》で平二といきなり行き会ひました。

平二はまはりをよく見まはしてからまるで狼《おほかみ》のやうないやな顔をしてどなりました。

「虔十、貴さんどごの杉伐《き》れ。」

「何《な》してな。」

「おらの畑ぁ日かげにならな。」

虔十はだまって下を向きました。平二の畑が日かげになると云ったって杉の影がたかで五寸もはいってはゐなかったのです。おまけに杉はとにかく南から来る強い風を防いでゐるのでした。

「伐れ、伐れ。伐らないが。」

「伐らない。」虔十が顔をあげて少し怖さうに云いました。その唇《くちびる》はいまにも泣き出しさうにひきつってゐました。実にこれが虔十の一生の間のたった一つの人に対する逆らひの言《ことば》だったのです。

ところが平二は人のいゝ虔十などにばかにされたと思ったので急に怒り出して肩を張ったと思ふといきなり虔十の頬《ほほ》をなぐりつけました。どしりどしりとなぐりつけました。

このことがあった年の秋に、平二はチブスにかかって死に、虔十もやはりチブスで死ぬ。虔十の死後も杉林は子供達の遊び場として愛され、それから二十年も経った頃に、その子供達の中から出世してアメリカの大学の教授になった博士の提案で寄附が集められ、そこを「虔十公園林」と名づけることになった。

物語の詳細は、賢治の美しい文章で読んでいただくほかないが、荒すじは大体以上のようなものである。虔十の人柄が実にうまく描けていて、虔十を慈しむ父や母や兄の様子も実にうまく描けていて、さわやかな作品である。

この童話のテーマは、虔十が一生に一度頼みごとをして、杉を七百本植えると言い出したことと、平二からそれを伐れと言われた時、やはり一生に一度人に逆らって、伐らない、と言い放った所にある。その背後にはもちろん、虔十の深く素朴な自然への愛がある。その愛は虔十が少し足りない分だけ際立っていて、この童話を読む者に不思議な感動を与える。「虔十公園林」が、私だけではなく一般的にも賢治童話の中の逸品のひとつとされているのは、この童話を読む人々の心の中に、虔十の素朴で深いあからさまな自然への愛情が、やはり宿っているからにほかならない。

けれども私達は少し足りているので、実際にはぶなの葉がチラチラ揺れても、虔十のように面白がってはあはあ笑うようなことはない。子供にさえも馬鹿にされる虔十は、実は子供よりも幼く素朴な感受性を持っているのである。

私達は、まだおすわりもハイハイも出来ない赤ちゃんが虔十そっくりなのを知っている。赤ちゃんは、木の葉が揺れるのを見ては笑い、光が洩れるのを見ては笑い、風が流れるのを見ては笑う。赤ちゃんは、時のない永遠の中で心地よいものや美しいものと溶け合っていて、ひとりで声も立てずに笑ったり、声をたててはあはあ笑ったりもする。生後三ヶ月くらいまでは、そういう至福の時が人間にはある。だから「虔十公園林」を読むと、そこに私達は私達の失われた時を見出して、われにもなく虔十を理解してしまうのである。虔十とは、私達すべての中に住んでいた至福の時の別名である。虔十は少し足りなかったおかげで、チブスで死ぬまでその至福の時を持ちつづけることが出来た。私達は少しずつ足りてしまって自我となったので、もはや木の葉が揺れたくらいでは笑わず、花が咲いても笑いはしない。私達の文明史もそのとおりである。今、私の手元に『チョンタルの詩』（荻田政之助・高野太郎編訳、誠文堂新光社）というメキシコインディオ・チョンタル族の伝承歌謡集がある。その内のひとつを次に引いてみる。

トウモロコシの唄

トウモロコシが泣いている
《なぜ埋めたのか》と
土の中のそのすすり泣き

カラスが聞いて
掘って取り出し　カラスが喰べた

そこで私は言うのです
《三日間は泣いちゃいかん》と
そうしたら　おくれるのです
芽が出て大きな生涯を

アーイ　アーイ　種よ　種よ
アーイ　アーイ　泣くな　泣くな
そうすれば
おまえは芽になるだろう

この歌は、トウモロコシを播きながら彼らがうたう歌だという。これは言わば、民族的な規模での虔十の歌である。

私が自分の個人史において虔十の心を失いつづけてきたように、私達の民族も徐々に虔十の心を失って、特に最近の三、四十年間は田植唄ではなくて株式市場価が、木挽唄《こびき》ではなくて超LSI回路の開発が人々の主要関心事になってしまっている。これがエントロピーの増大であり、進歩しているつもりで実は個人としても民族としても死に向かいつつあることは、先にも指摘したとおりである。

私はもはや虔十の至福に帰ることはできず、私達の民族はもはやメキシコインディオの時代に戻ることができないとすれば、私が「野の道」と呼ぶこの道は、どこにリアリティを見出せばよいのだろうか。

虔十がある時、七百本の杉を植えることを思いついてそれを実現し、平二にそれを伐れと言われて「伐らない」と逆らった行為が、ひとつの象徴として私の胸にはある。

木を植えること、草を生やすこと、種を播くこと、それはひとつの決意であり生き方である。のみならず、それはひとつの真に文明的な行為ですらある。父や母や兄の手助けがあったとは言え、少し足りない虔十が七百本の杉を植えたのである。少し足りている私達にそれが出来ないはずはない。あるいは人は虔十は少し足りないからこそそれが出来たと言うかもしれない。それならば私達は、虔十に見習って少し足りなくなるよりほかはない。実際私達は、少し足り過ぎて核兵器を産み出し、原子力発電を発案して、人生を恐怖と不安で貧しくしてしまっているのだから、足りないことを学習する方がむしろ緊急のことですらあるのだ。

木を植えること、草を生やすこと、種を播くことは、太陽と共に在ることである。太陽を愛することであり、太陽をこの世界の最大の価値として新しく認識しなおすことである。ソーラーハウスや太陽電池の開発も意味あることではあろうが、それが現代テクノロジーの延長線上で為されるのであれば、そこには産業国家が現われ戦争が現われて、現在の核文明とさして変わることはない。私が野の道と呼ぶものは、太陽を最大の価値とし、太陽の下、土の上で、全人類が隣人ごとに民族ごとに親しみ合い、交流し合って暮らす、小さな技術を持った新しい道のことである。こんなことを言えば、虔十のように馬鹿にされるかも知れないが、私にあるだけの智慧をしぼって考えてみて、私や私の家族、私達の住む地域、そして民族というクッションを経て全人類の幸福を想う時、私には究極的に太陽の下、土の上という考えしか生まれて来ない。

太陽と土と水を価値とする新しい文明。太陽と土と水と風と木を価値とする新しい文明。そのような文明の中で鉄も改めて愛されるだろう。

虔十のもうひとつのテーマは「伐らない」と逆らうことである。

木を伐らない、と断言することは、木を植えることと同じくひとつの決意であり生き方である。木を伐らない、ということは、これ以上の自然破壊には積極的にも消極的にも手を貸さないとすることである。かろうじて残されているわずかな日本の原生林を始め、あらゆる山野にこれ以上もう手をつけないことである。それは、山野や樹木を単なる消費材と見なす価値観を改めて、生命の母とする価値観に歩み入ることである。ジェレミー・リフキンの書を待つまでもなく、私達のこのニュートン的機械文明は加速度的に累乗的に死に向かっていることが確かである。であるとすれば、私達の一人一人が木を伐ることを肯しとする価値観から、木を伐らないことを肯しとする虔十の価値観へと歩みを変える以外には方法がない。産業文明はまだ当分続き、国家もまだ当分は続き、産業文明社会、国家社会はあらゆる情報手段を駆使して、人々に木を伐ることを肯しとすることに象徴される価値観を押しつけ続けるだろう。樹木を大切にしましょう、エネルギーを大切にしましょうと口では言いながら、産業主義国家社会は樹木を伐りエネルギーをますます消費せねばやって行けないので、人々が正直に大切にした分だけのエネルギーを自らの内に吸収して、生きのびようとするだろう。産業主義国家社会の唯一の切札は、「物質的な豊かさ」である。あらゆる情報手段を通じて流される「物質的な豊かさ」の幻想に魅かれて、私達はここまでやって来たが、今はもうそれに別れを告げる時である。産業主義国家社会のためではない、太陽の下、土の上の、万人の、新しい、各自の豊かさを追求することが、木を伐らないと断言することの意味である。

私は、もとより国家を革命して新しい国家を作る思想にはくみさない。すべての人々のリアリティにおいて実際に国家というものの意味がなくなり価値がなくなって、それが自然消滅し、新しい秩序が生まれてくることを待っているだけである。

私は私の野の道に立ち、この国家社会の内に生活している限りは、定められた法律を守る努力をするし、定められた義務もできる限りは果たす気持ちでいる。それは、怠惰や臆病からするのではなくて、私がガンジーのような非暴力による変革を希んでいるからであり、平和というものを何よりも尊いものであると感じているからである。けれどもそれは、国家を守り国家に賛成することでは少しもない。私の希望は国家にはなく、私達の太陽の下、土の上の野の生活にある。

野にあるものは野でしかない。それで充分である。ここには太陽があり土がある。水があり森がある。風が流れている。大きそうな幸福と小さそうな幸福とを比較して、それが同じ幸福であるからには小さな幸福を肯しとする、慎《つつ》ましい意識がここにはある。宮沢賢治が、「都人よ　来ってわれらに交れ　世界よ　他意なきわれらを容れよ」と言ったのは、このような場からにほかならない。

# あとがき

昨年〔一九八二年〕の末に、東京の東久留米市の真崎守さんの家に泊めていただいた際に、真崎さんも宮沢賢治が大好きだということが判って、それでは先年二人で出した『狭い道』に続いて、賢治をテーマにした本を作ろうではないかということになった。すると、同席していたこの本の発行者である石垣雅設さんが、僕も仲間に入れて、と言って下さったので、約一年がかりでようやく世の中に送り出されることになった。

本文中には敢えて引かなかったが、宮沢賢治のメモ帳の中には、

筆ヲトルヤマヅ道場観
奉請ヲ行ヒ所縁

仏意ニ契フヲ念ジ
然ル後ニ全力之ニ従フベシ
断ジテ教化ノ考タルベカラズ！
タヾ純真ニ法楽スベシ。
タノム所オノレガ小才ニ非レ。
タヾ諸仏菩薩ノ冥助ニヨレ。

という数行が記されている。ここに記されてあることは、文筆の仕事をする者にとって大切なことであるばかりでなく、最後の態度であると思っている。「タヾ純真ニ法楽」できたかは疑問であるが、「筆ヲトルヤマヅ道場観」ということは実行するつもりでこの本を書いた。

着稿して間もなく、今年〔一九八三年〕は宮沢賢治没後五十周年であることを真崎さんから知らされ、目に見えない縁を感じると共に、よい仕事をしなくてはならないと思った。

この本は宮沢賢治の作品や人生を素材として扱ってはいるけども、賢治の研究書ではなく解釈書でもない。宮沢賢治が歩いたと思われる「野の道」を、僕が歩いている「野の道」とダブらせながら、主体はむしろ僕自身において書きすすめた。けれども本当は、宮沢賢治が「マグノリアの木」の中で言っているように、僕もなく賢治もなく、僕は賢治であり賢治は僕であり、主体は法《ダルマ》にほかならない。宮沢賢治を愛する方にはここの事情は充分に理解していただけると思っている。

僕の感じている限りでは、さすがの宮沢賢治も今の中高校生、大学生等の若い世代の人々には、あまり読まれていないのではないかと思う。もしそうだとすれば、それはとても残念なことで、このような時代であるからこそ宮沢賢治はもっともっと読まれるべきだし、読めば深く深く楽しいと思う。若いお父さんやお母さん方は、子供達に賢治童話の一つでも二つでも読み聞かせてあげてほしいと思う。僕もこれからはそういう時間を持つように努めるつもりである。

この本を書くに当たって、直接引用したり参考にした賢治関係の文献は次の通りである。


一、日本の詩歌（第十八巻）宮沢賢治　中央公論社
一、宮沢賢治全集第十二巻（旧版）筑摩書房
一、日本児童文学大系（第十八巻）宮沢賢治　ほるぷ出版
一、賢治のうた　草野心平編著　現代教養文庫
一、文芸読本　宮沢賢治　河出書房新社
一、ユリイカ臨時特集　宮沢賢治　青土社

一、宮沢賢治の詩と宗教　森山一　真世界社
一、雪の童話集　佐藤昌美画　童心社
一、宮沢賢治の彼方へ　天沢退二郎　思潮社
一、〈宮沢賢治〉論　天沢退二郎　筑摩書房
一、銀河鉄道の夜　宮沢賢治　岩波書店

この本を書くに先立って、東京・小金井市の高橋幸子さんから前記天沢退二郎さんの本二冊を貸していただき、ユリイカ臨時特集をプレゼントしていただき、なおかつ貴重な励ましの言葉を受けた。この場を借りて心から感謝します。

また真木悠介さんには、有難く序文を書いていただいた。真木さんも今年はお仕事の「自我の比較社会論」において賢治を扱われるとのことで、お忙しい中を敢えて一文を書いていただいた。心から感謝します。

一九八三年九月二十一日

宮沢賢治命日の夜

屋久島にて　山尾三省

# 土遊び、風遊び、星遊び

今福龍太

「野に在る人」による「野に在った人」についての書。それがこの本の、もっともくっきりとした輪郭をあらわす定義です。屋久島に住みついておよそ四半世紀を土とともに生きた、まさに「野に在る人」だった山尾三省本人が、あるところでそのように語っていますから、この定義は著者の実感であり、またこの本を書いたことの、著者としてのささやかな矜持を示してもいるのでしょう。一人の「野の人」によって書かれた、宮沢賢治という途方もなく深く「野の人」たらんとした詩人についての書物。二人の本質的な「野の人」のあいだの、時と場所をへだてた対話。それはたしかに稀有なことでした。

賢治は一八九六年に生まれ、三省は一九三八年に生まれたので、この二者のあいだの時間的な隔たりは四十二年。そして賢治の花巻と三省の屋久島のあいだは直線にして約一四〇〇キロの距離がありますが、この本には、そのような物理的な時空間の隔たりなど無化してしまう、別の時、別の場所での両者の近しい交感と響き合いの真実が描かれています。私たちの前で、この二人は野に並び立ち、微笑んだり沈思したりしながら、無言のままに魂の信号を送りあっています。私たち読者は、その稀有の対話に立ち会う、幸運な目撃者だといえるでしょう。

宮沢賢治というひとは、たしかに自立した人格として一つの時代を生きた実在の人でした。けれど同時に、彼の残した「ことば」のおどろくべき浸透力と透視力とによって、彼は固有の歴史を飛び越え、すでに現代の私たちにとっては、一つの「夢」のような場そのものになりました。そう、宮沢賢治とは、人間としての限界を背負いつつ人の幸福をめぐる究極のヴィジョンに寄り添おうとする、永遠の「夢」のことでもあるのです。

山尾三省もまた、世の中に生きるときの業苦からいかなる人間も無縁ではいられないことをよく知っていました。賢治が「修羅」と名づけた、自我に縛られた心の矛盾と闘い。あるいは、生存罪と呼ばれたりもする、生きていることによっておのずから引き受けねばならない宿命としての因果。それが私たちの存在の条件であるならば、生きることとはこの現実を深く受け止めながらそれを夢へと反転しようと努力する、かぼそくも持続的な力のことであるにちがいありません。

本書で三省が、宮沢賢治に依りながら考え語ろうとした、という事実こそ、三省がここで賢治という「夢」を引き継ごうとした証です。そしてそれは同時に、人間存在の「可能態」を限界まで見きわめようとする渾身の思索行でもありました。この「夢」とはだから、彼方におぼろに浮かぶ淡い個人的希望のことなどではありません。それはとてもリアルな手触りをもって、そこにあるもの、そこになければならないものでした。三省はそれを、ときにやや観念的に「永劫」と呼んだり、「原郷」と呼んだり、「全身微笑」と呼びかえたりもしましたが、もっと日常の詩作の場では、それは「ひがんばな」であり、「かなしみ」であり、祈る「掌《てのひら》」であり、すべてを洗い流す「浄雨」などと呼ばれもしました。夢にはそんな別名もあるのです。

さらにその夢は、賢治もすでに気づいていた「科学」や「技術」の非人間的な横暴を拒否することでもあり、賢治の時代にはなくて私たちの時代にはあるもの、すなわち核兵器や核エネルギーをめぐる偽善を正すことでもありました。太陽と土と水を価値とする新しい「低エントロピー社会」の実現、という表現もありました。夢のさらなる別名にこのような名が与えられているのであれば、こうした表現がたんなる政治的スローガンではないことが、きっと了解されることでしょう。こうして三省は、賢治と「そらのみぢん」(「春と修羅」)の場において交わりつつ、生存の罪と生存の夢とが渦巻く場に歩み出ていきました。私たち読者に、その道行きを共にすることを誘いかけながら。

三省はこの夢を信じていました。いや、信じるためにこそ、その夢に帰依することを生涯やめませんでした。このときの帰依とは、かならずしも狭義の仏教的な意味として捉えなくともいいでしょう。たしかに三省の心が傾けられた対象のなかには、阿弥陀仏も悲母観音菩薩もありました。仏教でいう「覚者」もまたそうした理想の一つでした。けれど三省の帰依の心とはつねにいくつもの軸をそなえた包容力のある心情であり、それは宗教的な存在に限らず、日常世界にひっそりと生きる、つつましくも聖なるものたちを含むものでした。三省が「聖老人」と呼んだ屋久杉。耕す彼の視界に輝くキンポウゲの黄金色の花。そして、油断した刹那に裸の彼の背中に鋭いひと刺しを浴びせて去ってゆく「虻先生」まで。三省は、そのようないくつもの軸の交差としてこの世界があり、そのすべての軸線上にそれぞれの夢が宿っていることを学びとったのです。それらの無限の夢にたいする深い帰依の感情を、三省はこの『野の道』で賢治と共有したいと願ったのでした。

三省が本書でとりあげた賢治作品がなんであったかを振り返ってみましょう。それはまず「注文の多い料理店」の序であり、つぎに自己の滅却をテーマとした童話「マグノリアの木」でした。童話ではもう一つ、自我の分裂を描いた「土神ときつね」にもページが割かれています。そして土壌・肥料学に関する賢治の「卒業論文」。さらに詩集『春と修羅』第二集から「作品第三一二番」「産業組合青年会」「業の花びら」。『春と修羅』第三集から「野の師父」。農民芸術の理念を説いた渾身のテーゼ集「農民芸術概論綱要」。そしてよく知られた「雨ニモマケズ」。最後に賢治自身のデクノボー的理想自我が描かれた「虔十公園林」です。

これらの作品選択はとても変わっていて、独創的です。バランスのとれた宮沢賢治論を書こうというような気負いは少しも見られません。どうしてもこの作品でなければ、というこだわり、こわばりもここには感じられず、日々の三省の「野の人」としての暮らしのなかでふと触れる意識の刹那、想起される心的風景にうながされて、賢治のことばがおのずから呼び出されているような気配です。

そうはいっても、三省が賢治の数多い童話のなかから「マグノリアの木」という特異な物語をとりあげていることは、やはり注目に値するでしょう。なぜなら、この物語は「道を歩く」ことによって自我という閉域を超え出てゆく物語だからです。峰と谷が連続する峻険な道を歩くことによって発見される相互浸透的な「私の風景」にして「あなたの風景」をめぐる、とても不思議な夢の寓話だからです。白いマグノリアの花、おそらくは辛夷《こぶし》か泰山木《たいざんぼく》の咲き乱れる山谷。見通しのない霧の山中で主人公の諒安《りょうあん》はふと歌を聞くのですが、「あなたですか、さっきから霧の中やらでお歌ひになった方は」という諒安の問いに、現れた歌の主はこう答えるのです。「えゝ、私です。又あなたです。なぜなら私といふものも又あなたが感じてゐるのですから」。その人の紫色の影が、道に生える透明な草の上に落ちていました。もうあたりの風景と溶け合いそうになった二人は、うやうやしく礼をしあい、物語のあと、おそらくは合一してゆくのでしょう。「野の道」がこんな自他の浸透と合一の夢へと拓かれていることを、三省は賢治を通じて確信していったにちがいありません。

あらためて言いましょう。三省の「野の道」とはキンポウゲの道であり、野アザミの道であり、イイギリの花咲く道でした。それはマグノリアの道でもあり、他者との、世界との、深い一体感を尋ねる道でした。それは法《ダルマ》の道。いま、ここの真理の道。核廃絶の意志の道。反科学の道。家族や自分と共にある人々の幸福の道。太陽と土と水をめぐる小さな技術を持った新しい道。そして、賢治の自我を最後まで悩ませた、農民と詩人のあいだの分裂を超えようとする道です。三省もまた、この「世界孤独」(「ひと」『祈り』所収)の道を行き戻りつづけたのです。

「野の道」。最初にそう聞いたとき、読者の脳裏には野原に延びる一本ののどかな「道」のイメージが浮かんだことでしょう。それはすでにそこにあるもので、私たちが歩くことに向けて待機している道です。あるいは歩くことを拒否されている道かもしれません。道遠し。道険し。それはなかなか辿り着くことも、踏破することもできない困難な道のことかもしれません。そしてそのような道が、一つの理想としてここに示されていると思ったことでしょう。

けれど三省の言う「野の道」は少しちがいました。そこを歩かねば、と強くうながされ、急かされるような道のことではありませんでした。それは、かならずしもそこにあらかじめある道ではなく、むしろ歩くことで造られてゆく道のようでした。人がそこに立ち、歩くことによって瞬間瞬間に生み出されてゆく踏み跡のようなささやかな道です。いま、ここからはじまってゆく小さな夢の糸口のようなかぼそい踏み跡です。

けれどさらにいえば、三省の「野の道」とは、すでに誰かが造った道でもなく、これから造る道でもないのでしょう。三省の思索は、最後にはいつも、私たちの巡りにはおのずからなる一つの道が、すでにつねに、あるのだ、という地点に導かれていきます。三省が「人間性の原郷」の究極の描写であるとした、宮沢賢治の「作品三一二番」の詩句の断片はこうでした。

(祀られざるも
神には神の身土がある)
ぎざぎざの灰いろの線
(まことの道は
誰が考へ誰が踏んだといふものでない
おのづからなる一つの道があるだけだ)

どれほど目立たぬ、ささやかな場所であっても、雑草のひとむれ、黒い土くれ、割れ石のひとかけら、そして躍る清水の小さな一滴であっても、そこにはあまねきカミの身土がある。そしてそこには、迷いと逡巡をも抱き込んだぎざぎざの「灰いろの線」として、「おのづからなる一つの道」がある。人間の思考や行為から離れたところで、その道はそこにあり、そこに成るのです。あることと成ることが、そこでは合体している。存在（「あること」）と可能性（「成ること」）とが、実現とか挫折とかいった因果関係においてではなく、いま、ここで、おのずから一体となって私たちに拓かれているのです。そしてそこでは、究極の問いである生と死の因果もきっと乗り越えられているのでしょう。

　ぼくはね
　かつて生まれたこともない存在だから
　死ぬこともない

五月の風が、野を行く晩年の三省の耳元でささやいた言葉です（「風」『祈り』所収）。これこそが、存在と可能性の交点に渦巻く、ささやかで聖なるつむじ風です。ただ「いま」「ここ」をかけがえのなき永遠として定め、おのずからなる一つの道として私たちに差し出された恩寵です。不生（生じることも滅ぶこともなくつねにそこにあること）の風、不生の土。私たちもまた、不生の夢を抱きながら、賢治が「春と修羅」に記したようにこの現実を「唾《つばき》し　はぎしりゆききする」修羅の徒、無常（死すべき）の徒なのです。でもそれは悲劇ではありません。そのような場だからこそ、三省は、人間に「不断光」が注ぐのだと考えました。それは、「永劫の宇宙実在として降りしきる」銀色の光の雨（「ひと」同前）です。「野の道」には、この銀色の雨が降りそそいでいます。

三省のいう「野の道」に歩み出すのはたやすいことではありません。けれども、これほど私たちのすぐ傍らにある道も、ほかにないのかもしれません。それは私たちの思いによって、意志によって、ただちにいま、ここに出現させることのできる道でもあるからです。いや、もうそこに「おのづからなる一つの道」としてあるのです。そのように、「野に在った人」である三省が告げています。これから「野に在る人」になろうとする私たちは、そのことばを重く、やわらかく、引き取るべきでしょう。

芸術をもてあの灰色の労働を燃せ
ここにはわれら不断の潔く楽しい創造がある
都人よ　来ってわれらに交れ　世界よ　他意なきわれらを容れよ

賢治は「農民芸術概論綱要」でこう書いていました。賢治にとっての「おのづからなる一つの道」が「ぎざぎざの灰いろの線」であるのなら、その道をゆっくりと辿りながら、私たちは「灰色の労働」を燃やし、いま、ここでのささやかな創造へと自分を拓いていくことができるかもしれません。苦役の労働を燃やし尽くせば、至上の灰が残ります。その灰は、私たちが乗り越えた過去の存在の証拠として、白でも黒でもない、白と黒とを含み込んだ永遠の「夢」の色として、人の世の真実を指し示すでしょう。

そのとき不意に気がつくと私たちは野に立っています。私たちでもあるはずの都会人たちが、「私です。又あなたです」と言いながら、私たちの方に、おなじ澄んだ目をして、走り寄ってきます。未聞の世界が私たちを抱こうと近づいてきます。二心なき風が灰色の道を吹きすぎ、森羅万象の出会いを祝福しています。

三省はよく生き、よく遊びました。深く生き、深く遊びました。死を悟ったころ、自分が生まれ、そこに還ってゆく星を夜空に見定めるのが三省の習いとなりました。あるとき彼は、オリオン座の中央に並ぶ三連星を自分の星と定めたようです。彼はこの日々の習いを沖縄のことばを借りて「星遊び《ふしあし》」と呼び、三つ仲良く並んだ星に還ることを願いつづけました。土に遊び、風に遊んだ三省の最期の「野の道」に現れた、このかなしき三連星。

一つは三省、一つは賢治。そしてもう一つは、詩をつうじて世界を尋ねていこうとするすべてのあなたである、としておきましょう。三省にうながされた、私たちの新しい「星遊び《ふしあし》」です。

いまふく・りゅうた／文化人類学者・批評家。一九五五年生まれ、奄美自由大学主宰。著書に『ヘンリー・ソロー——野生の学舎』（みすず書房、読売文学賞受賞）、『ハーフ・ブリード』（河出書房新社）、『コレクション《パルティータ》』全五巻（水声社）など。

## 山尾三省◎やまお・さんせい

一九三八年、東京・神田に生まれる。早稲田大学文学部西洋哲学科中退。六七年、「部族」と称する対抗文化コミューン運動を起こす。七三～七四年、インド・ネパールの聖地を一年間巡礼。七五年、東京・西荻窪のほびっと村の創立に参加し、無農薬野菜の販売を手がける。七七年、家族とともに屋久島の一湊白川山に移住し、耕し、詩作し、祈る暮らしを続ける。二〇〇一年八月二十八日、逝去。

**著書**『聖老人』『アニミズムという希望』『リグ・ヴェーダの智慧』『南の光のなかで』『原郷への道』『インド巡礼日記』『ネパール巡礼日記』『ここで暮らす楽しみ』『森羅万象の中へ』『狭い道』『野の道』（以上、野草社）、『法華経の森を歩く』『日月燈明如来の贈りもの』（以上、水書坊）、『ジョーがくれた石』『カミを詠んだ一茶の俳句』（以上、地湧社）ほか。

**詩集**『びろう葉帽子の下で』『祈り』『火を焚きなさい』（以上、野草社）、『新月』『三光鳥』『親和力』（以上、くだかけ社）、『森の家から』（草光舎）、『南無不可思議光仏』（オフィス21）ほか。

装画・イラスト――nakaban
ブックデザイン――堀渕伸治◎tee graphics
本文組版――tee graphics

新版 野の道 宮沢賢治という夢を歩く

一九八三年十一月二十二日 第一版第一刷発行
二〇一八年十二月三十一日 新版第一刷発行

著 者 山尾三省

発行者 石垣雅設

発行所 野草社
東京都文京区本郷二－五－一二 〒一一三－〇〇三三
電話 〇三－三八一五－一七〇一
ファックス 〇三－三八一五－一四二二
静岡県袋井市可睡の杜四－一 〒四三七－〇一二七
電話 〇五三八－四八－七三五一
ファックス 〇五三八－四八－七三五三

発売元 新泉社
東京都文京区本郷二－五－一二 〒一一三－〇〇三三
電話 〇三－三八一五－一六六二
ファックス 〇三－三八一五－一四二二

印刷・製本 萩原印刷

ISBN978-4-7877-1889-1 C0095